KB116504

시로 피어난 야생화

시로 피어난 야생화

초판 1쇄   2022년 7월 20일
초판 2쇄   2022년 8월 1일
지은이   용혜원
펴낸이   김영재
펴낸곳   책만드는집

—

주소   서울 마포구 양화로3길99, 4층 (04022)
전화   02 - 3142 - 1585 · 6
팩스   336 - 8908
전자우편   chaekjip@naver.com
출판등록   1994년 1월 13일 제10 - 927호
ⓒ 용혜원, 2022

—

* 이 책의 판권은 저작권자와 책만드는집에 있습니다.
  이 책 내용의 전부 또는 일부를 재사용하려면 양측의 동의를 받아야 합니다.
* 잘못 만들어진 책은 구입하신 서점에서 교환해드립니다.

—

ISBN   978 - 89 - 7944 - 807 - 8 (03810)

제95시집

시로
피어난
야생화

용혜원

책만드는집

우리는 누구나 세상에 피어난 야생화다.

2022년 7월
용혜원

| 차례 |

복수초

봄이 눈을 뜨기 시작할 때
찬란한 햇살이 비치는 눈 속에서
노란색이 선명하게 살아나는
꽃이 피어난다

봄이 온다는 소식에 꽃 피려고
성급하게 서두른 듯
하얀 눈밭에 꽃이 피어나
봄이 오고 있음을 알려준다

겨울의 끝에 하얀 눈 속에서
만나는 꽃이기에 꽃 이름보다
몇 배나 어여쁘고 아름다워
꽃을 보면 볼수록 행복해진다

외로움이 햇살을 받을수록
더 예쁘고 힘 있게 피어나
봄이 오고 있음을 온 세상에 전해준다

복수초를 아직도 모르신다면
봄이 온다는 소식들 듣고
한번 찾아간다면
아름다운 꽃과 향기로 맞아줄 것이다

변산바람꽃

겨울이 떠나는
발자국 소리가 아직 남아 있는
이른 봄에 석회암이 깔린 숲에
변산바람꽃이 핀다

찬 바람이 아직은 불어오지만
따스해지는 햇살을 받아
반기는 마음으로 봄이 맞이한다

꽃이 피고 싶어 씨가 뿌리를 내리고
꽃이 피고 싶어 꽃대가 자란다

하얀 꽃에 보랏빛 수술로 단장하여
봄 햇살이 따뜻해질수록 활짝 피어난다

오가는 바람 따라 사람들의 눈길이 머물면
하얀 꽃 웃음 살며시 웃어 보인다

버려진 외로운 꽃이 아니라
하늘과 땅의 수많은 사랑을 받고
자라는 생명의 꽃이다

외로울 때면 꽃을 보러 가자

쓸쓸할 때면 꽃을 보러 가자
고독할 때는 꽃을 보러 가자

꽃이 너무 예뻐서 여기 숨겨놓았구나

꿩의바람꽃

이른 봄에
산지의 숲과 풀밭에서
꽃줄기 끝에서
눈에 띄는 하얀 꽃이 핀다

아침 햇살이 비치면
잠에서 화들짝 깨듯 활짝 피어나는
예쁜 꽃 보면
내 마음에도 꽃 한 송이 피어난다

비가 오거나 날씨가 흐리고
해가 지면 꽃들도
잠들고 싶어 꽃잎을 닫는다

봄이 오는 길에 환영이라도 하듯
하얀 꽃 웃음으로
봄을 반겨주는 꽃이다

꽃은 그냥 피는 것이 아니라
세월의 시련을 이겨내고
고통을 이겨내고 피어난다

국화바람꽃

하얀 눈이 수북하게 쌓였다가
봄바람이 불어와 눈이 녹기 시작하면
만날 수 있는 꽃

산의 경사진 곳에서
몸매를 자랑하듯 쏙 뺀 자갈색 줄기 끝에서
꽃이 외롭게 피어난다

우리나라 남쪽에서보다는
중부 이북 지방에서 많이 찾아볼 수 있다

진한 보라색 꽃에서
연한 보라색으로 피어나지만
분홍색과 흰색 꽃 다양하게 피어난다

잘 피어난 국화바람꽃은
사랑하는 사람의 머리에
꽂아주고 싶을 정도로 아름답다

바쁘게 살다 나를 찾기 위해
산길을 걷다 보면
우연히 아름다운 꽃을
만나는 기쁨이 있다

남방바람꽃

사람들에게
남방바람꽃을 아느냐 물으면
안다고 대답할 사람을
만나기가 쉽지 않을 것 같다

우리나라 남부 지방과
제주도에서 볼 수 있는
꽃의 얼굴을
다른 곳에서는 만나기가 쉽지 않다

꽃이 귀하기에 야생화를 좋아하고
사랑하며 찾아다니는 사람들이
만나고 싶어 하는 꽃이다

하얀색 분홍색으로 꽃이 피어나고
숲의 바닥이나 물기 있는 곳에서
군락을 지으며 피어나기도 한다

햇살을 좋아해
햇살을 향하여 꽃이 피어나고
어둠이 찾아오기 시작하면
꽃잎을 닫는다

꽃이 피는 시간은
참으로 소중하고 고귀한 시간이다

세상에 피어나는 꽃은 한 송이 한 송이
모두 다 어여쁘고 아름답다

외대바람꽃

아름다운 꽃은 바라만 보아도
기분이 좋아지고
행복한 기운이 온몸에 가득해진다

쭉 뻗은 꽃대에
하얀 꽃 한 송이만 피어나
선명한 하얀색의 아름다움을
보고 만날 수 있는 꽃이다

흘러가는 세월마다 쉬지 않고
피어나는 놀라운 힘이 위대하다

우리나라 중부지방 산과 들 수풀에서
만날 수 있는 외대바람꽃 만나면
반가움에 서로 인사를 나누어야겠다

꽃도 보면 금방 싫증 나는 꽃도 있고
아름다움을 언제나
마음속에 간직하고 싶은 꽃도 있다

하얀 꽃이 눈 사진 찍어놓고 싶은
아름다운 꽃이라
꽃을 보던 날 내 마음에도
행복의 꽃이 피었다

노루귀

꽃은 멀리서 볼 때보다
가까이에서 볼 때
더 아름답고 꽃향기를 느낄 수 있다

노루귀는 얕은 물가나 낙엽, 나무 아래서
땅바닥에 바짝 달라붙어서 자란다

꽃이 필 무렵에 잎에
털 돋은 모습이 노루 귀 같다고 해서
노루귀라고 불린다

양지식물로 하얀색과 분홍색 꽃이
잎이 나오기 전에 꽃으로 피어난다

야생화 작은 꽃들이 피어남이
자연의 신비요 아름다움이다

봄에 들풀 속에서
한 편의 시처럼 피어나는 꽃
땅 사방으로 퍼져나가며
아름다운 꽃을 피워놓는다

산에서 너를 만나니
사랑하는 이 만난 듯 기쁘다

할미꽃

세상의 꽃들은
꽃이 피면 자랑스럽게
얼굴을 들어 보여준다

햇살이 가득한 봄날
자색 꽃을 피우는 할미꽃은
무엇을 잘못해서 고개를 숙이고 있을까

얼마나 애절한 사연이 있으면
고개를 못 들고 꽃이 필까

슬픈 이야기 있을까
가슴 아픈 이야기 있을까
말하지 않으니 알 수가 없다

풀 전체가
할머니 하얀 머리카락처럼
흰 털이 나 있다

꽃이 떨어지고 깃털 모양의 열매가 열리면
할머니 머릿결 같다고
붙여진 이름이 할미꽃이다

작은 키에 꽃까지 고개 숙여 피니
다음 생애에는 고개 들고
당당하게 피는 꽃이 되었으면 좋겠다

큰꽃으아리

아름다운 꽃 한 다발 줄 수 있는
사랑하는 이 있다면 행복이다

향기로운 꽃 한 다발 받을 수 있는
사랑하는 이 있다면 기쁨이다

꽃이 아름답고 예뻐서
사랑하는 이 가슴에 안겨주고 싶다

하얀 꽃이 꽃대 끝에
하나씩 하나씩 피어나
꽃을 보면 사랑하는 이 생각이 난다

우리나라 전국 산 곳곳에 피어나는데
꽃 이름을 잘 모른다고
스쳐 지나가지 말고
아름다운 꽃은 보고 가야 한다

산에 오를 때 허공만 보지 말고
떠들썩하게 말만 하지 말고
야생화를 찾고 보고 만나면
더욱더 큰 의미가 있을 것이다

외로웠는지 외로웠던지 산에서 내려와

도시와 바닷가에서 꽃을 피워

사람들을 만나기 시작했다

개구리발톱

어떤 개구리가
발톱을 잃어버려
풀잎에 붙어 꽃이 되었을까

개구리발톱은
꽃이 꼭 개구리 발톱처럼 생겼다

하얀 꽃이 피고
꽃의 크기는 아주 작다

개구리들이 좋아하고
개구리들이 살고 있는 근처를
떠나지 않고 자라며 꽃을 피워낸다

개구리발톱꽃은
덤불, 풀밭 숲 근처에서도
자주 보고 만날 수 있다

꽃이 늦은 봄에 피어나고
남부 지방 제주도와 전라도에서
많이 찾아볼 수 있는 야생화다

개구리자리

개구리자리는 작은 웅덩이나
연못가나 습지에서 잘 자란다

개구리가 잘 살 수 있는 곳
가까이 잘 자라나
노란색 황색 꽃으로 피어난다

꽃 속에 청개구리가 앉아 있는 듯
착각하게 만들 정도로 꽃이 핀다

개구리를 얼마나 좋아하고
얼마나 닮고 싶으면
잎도 개구리 발 모양 비슷하다

개구리가 얼마나 좋으면
가까이 자라나 꽃 피고
꽃 모양 속에도 개구리가 있을까

개구리자리 꽃말이 "님의 모습"이라 하는데
개구리가 혹시 사랑하는 님이 아닐까

깽깽이풀

숲속이 어두울까 봐
꽃불을 켜놓았구나
숲속에 누가 찾아올까
꽃불을 밝혀놓았구나

비바람 눈보라도 이겨내고
풀잎들이 꽃 피워내기 위해
온 힘을 쏟았다

외로워서 쓸쓸해서
텅 빈 허공 춤추듯
피어나는 꽃이 아름답구나

꽃향기가 가득하게
동그라미 그리듯 피어나는
붉은빛 띤 보라색 꽃이 작지만 어여쁘다

깨깽이풀에서 개미들이 좋아하는
꿀이 나와 개미들이 찾아온다

봄에 산의 숲속에서
만날 수 있는 네가 있어 산에 오른다
너를 만나고 싶어 산에 오른다

산에서
너를 만나 행복하다
너를 만나 기쁘게 웃는다

털개구리미나리

독이 있는 노란 꽃 피는데
왜 독을 품었을까

한 서린 미움이 있었을까
모진 시기가 있었을까
서로 다툼이 있었을까
마음에 악이 가득해졌을까

독을 버려야 관심을 받지 않을까
도리어 독이 있어서
그나마 관심을 받을까

모든 아픔을 잊어버리고
꽃이 아름답게 피었으면 좋겠다

이 세상에 머물 자리
이 세상에 서 있을 자리
이 세상에 꽃 필 자리 있는 것도
얼마나 대단한 일인가

존재하고 싶은 욕망
꽃 피우고 싶은 욕망 버릴 수 없어
독을 품고 살아남는다

털복주머니란

이슬 맞고 피어나는
털복주머니란꽃은 어여쁘다

햇살 받고 피어나는 꽃이 아름답다

하얀색 노란색 보라색으로
마치 연등 모양처럼 피어나는
꽃 모양이 참 독특하다

야생에서 볼 수 있는 꽃을 찾기가 힘들고
꽃이 점점 줄어드는 안타까움이 있다

아름다운 꽃이니
온 세상에 마음껏 자라나
많은 사람에게 사랑을 듬뿍 많이
가득하게 받았으면 좋겠다

혹시 이 꽃을 만나면
아름다운 꽃을 잘 살려보라
지나간 후에 후회하지 말자

야생화도 봄이 오면 꽃 피워
웃을 날을 만든다

광릉요강꽃

꽃 하나만 피어나도
그만큼 세상은 아름다워진다

꽃 이름은 꽃 모양을 나타내고
꽃 이름은 그 값을 한다

꽃을 만나는 것은 설렘이며
또 하나의 감동이다

꽃이 요강같이 생겼다고
광릉요강꽃이라고 부른다

아름답고 어여쁘게
피어나는 것이 꽃이지만
생김새는 어찌할 수가 없다

이 세상에 푸른 하늘 아래
꽃으로 피어날 수 있는 것만으로도
크나큰 축복이다

꽃 피고 싶은 마음 감출 수 없고
숨길 수 없어 꽃이 피어난다

큰방울새란

하늘을 향하여 쭉 뻗은
꽃대 위에서 피어나는
꽃이 어여쁘고 어여쁘다

풀잎에 어여쁜 하얀 새
한 마리가 날아와 앉은 듯 아름답다

양지바른 습지와
풀숲에서 보일 듯 말 듯
묻힌 듯이 피어나
잘 살펴보아야 만날 수 있다

흰 꽃잎에 담홍색 꽃이 피어
큰방울새란꽃을 보여주고 있다

풀들 속에서 피어나는 야생화
꽃을 볼 수 있는 것은
하나의 기쁨이며
행복이 피어나는 순간이다

잊힐까 서러운 사연
꽃 피는 걸 보면
내 삶도 아름답게 꽃피우고 싶다

금난초

봄에 산지를 걷다 살펴보면 구릉 수풀에서
노란색이 아주 예쁜 꽃을 만난다

노란 꽃이 얼마나 아름다우면
금에 비유하여 금난초라고 했을까

금난초꽃을 만나면
노란색이 이리도 아름다울까
노란색을 사랑하게 될 것이다

야생화 중에 아름답고
품격을 멋지게 잘 갖춘 꽃이다

꽃이 마치 밥그릇을 상징하듯
가슴에 맺힌 사연 가냘프게
반만 열려 꽃을 피운다

동해에서도 멀리 떨어진 섬
울릉도에서 만날 수 있는
야생화 중에 아름다운 꽃이다

모두 다 결국에는 떠나는데
한순간 꽃으로 피어나는 것이
얼마나 좋은 일이냐

은난초

화창한 봄날 하얀 색깔의
작은 꽃이 수풀 속에서
꽃술이 터져 수줍게 피어난다

산지와 구릉 숲길에서
숨바꼭질이라도 하듯
찾아보고 싶은 꽃이다

사람들이 은난초를 좋아하고 사랑해서
찾아다니고
사진을 찍고
마음에 담고 싶은 사람은
사랑한다

외롭고 서러운 마음이
꽃으로 많이 피지 않아
우연히 만나면 신기하고 반갑다

이 세상은
날마다 죽음의 소식 가득한데
꽃은 작게 피어도
아름다운 풍경을 만든다

감자난초

수많은 풀 사이에서
살아 있는 생명의 꽃이 피어난다

아침마다 이슬로 목을 축이고
날마다 햇살 받아
발돋움하며 꽃을 피운다

세상은 멋대로 삐뚤어지고 엉키고 뒤섞여도
꽃은 꽃대로 아름답게 피어난다

풀 사이에서 꽃을 보는 것은
마음과 눈길을 사로잡는 것이다

흘러가는 세월 시간을 뚫고
피어나는 꽃이 아름답다

세월의 한순간을 아름답게 만들며
꽃이 피어나는 것은
이 세상에서 멋진 일이다

비바람 눈보라 속에서
격렬한 투쟁 속에서
살아남아 꽃으로 피어나는 것은
신비로운 일이다

새우난초

꽃이 피어
꽃향기가 바람에 날릴 때
꽃의 아름다움은
더 멋지게 살아난다

여러해살이 새우난초는
척박한 세상에서
당당하게 서 있다

꽃의 아름다움을 보여주려고
화려하게 무리 지어 피어난다

수시로 비가 내리고 바람이 불어도
꽃대를 꼿꼿하게 세우고
정갈한 하얀 꽃 보라 꽃이 서로
어울리며 피어나 예쁘다

꽃 한 송이 한 송이
자유롭게 피어나
맵시를 마음껏 자랑한다

꽃을 보면 볼수록 아름다워
세상이 허전하지 않다

석곡난초

산의 늙은 나무 위에서 바위 위에서
자라나 하얀 꽃과
붉은빛 띄운 꽃이 피어난다

하얀 꽃이 핀 걸 보면
꽃 핀 곳이 눈이 내린 듯 하얗다

무슨 한이 있어
나무 위에서 바위 위에서 자라고
꽃이 피어나는 것일까

하얀 꽃이 무리 지어 피어나는 걸 보면
무슨 말을 하고 싶어 하는 것 같다

석곡난초는 언제 산으로
들어갔을까

소복을 입은 듯 하얀 꽃 입고
누구를 기다리고 있을까

산속에서 아름답게 피는 것은
세상이 싫어서
산으로 도망친 것은 아닐까

산길을 걷다가 쓸쓸하고
외로운 곳에서
꽃을 만나는 것은
참으로 반가운 일이다

보춘난초

야생화는 무심코 피어날까
관심을 받고 싶어서 피어날까

조용히 숨어 살기 설움에 복받쳐
꽃이 피는지도 모른다

봄을 알리는 꽃 중 하나로
꽃이 소박한 마음을
보여주듯 피어난다

파도치는 바닷가 소나무들이
잘 자라는 곳 응달에
옹기종이 사이좋게 모여들어 자란다

바람 소리 파도 소리만 외롭게
다가왔다가 떠나지만
꽃의 아름다움과
향기로운 난 향기를 선물해 준다

입술 모양의
꽃은 흰색인데
붉은 반점으로
아름다움을 깊게 해주고 있다

추운 겨울에도 시들지 않고 견디며
봄을 기다리다
봄이 오면 꽃이 피어난다

약난초

약난초 꽃은 하늘을 향해
길게 쭉 뻗은 꽃대에서
길고 가냘픈 여러 개 꽃이 함께 피어난다

꽃대 하나에 15~20개의 꽃들이
피어나는 걸 보면
꽃 피고 싶은 열정이 대단한 꽃이다

하얀색과 붉은색이 어우러져
난꽃의 아름다움을
여러 꽃이 함께 보여준다

평범할 것 같은 숲에서
아무 일도 없을 것 같은 숲에서
꽃이 피어나 신비로움을 만든다

바람결에 꽃이 흔들리며
뿜어내는 꽃향기가 얼마나 좋은가

작은 꽃에서 살아 있음을 알리는
꽃향기가 날린다

허망한 세상에서 허망하지 않게
피어나는 꽃이 얼마나 어여쁜가

실꽃풀

꽃 모양이
실을 풀어 잘라놓은 듯 꽃이 핀다

실 같은 꽃이면 어떠냐
꽃으로 피어나는 순간이 씨가 맺히고
또다시 꽃이 피는 것이다

꽃 어딘가 허전하고
어딘가 빈 듯하고
어딘가 모자라지만
꽃으로 피어남은 아름다운 것이다

누가 심은 것도 아니고
누가 키우고 가꾼 것도 아닌데
피어나야 할 자리에서
이토록 꽃을 피우니
얼마나 대견하고 감탄스러운 일이냐

삭이지 못한 모진 그리움
한 줄기 한 줄기
꽃으로 피어날 때마다
그만큼의 아름다운 순간이 찾아온다

중의무릇

따뜻한 봄날
찬란한 햇살을 받으며
꽃이 피어난다

하루 종일 꽃이 피었다
해가 저물면
꽃잎을 다물고 내일을 준비한다

한 그루에서 꽃 하나 피어나지만
꽃이 많이 피어나 꽃 무리가 아름답다

산길을 오르다 힘든 고갯길
지친 걸음에 힘들 때
꽃 보는 즐거움에
쉼과 여유를 주고 기운이 난다

꽃들은 희망을 품고 피어난다

야생화들은 이름을 지키고 싶어
해마다 꽃을 피워낸다

산기슭을 반갑게 찾아가고 걷는 것은
야생화가 있기 때문이다

꽃들이 일어서서 피는 것은
텅 빈 허공을 향한 외침이며 울림이다

꽃들은 그리움이 가득해
온 땅으로 퍼져나가기를 원한다

얼레지

흐르가는 세월이 잠시 머물러
야생화가 자라는
숲속의 세계를 찾아가고 싶다

야생화가 숲속에 아름답게 피어나
꽃 이야기를 만들어놓는다

숲의 봄을 아름답게 만드는 얼레지
꽃 모양이 뛰어나게 아름답고 예뻐서
봄꽃의 여왕이라고 불린다

둥근 잎 겉에
자주색 얼룩무늬가 있어서 얼레지다

높은 산 숲속에서 무리 지어
아름답게 피어나는 꽃을 만나면
사랑하는 여인의 모습처럼 아름답다

꽃은 날씨에 따라
피고 지는데
날씨가 좋고 운이 좋으면
하얀 얼레지꽃도 볼 수 있다

얼레지꽃은 곧게 선 꽃대에서
홍자색 꽃이 땅을 본 채
꽃잎은 여섯 개
자주색 꽃술 여섯 개로 피어난다

처녀치마

처녀처럼 치마를 해 입으면 예쁠까
붉은 꽃이 곱디고운
처녀의 치맛자락처럼 피었다

세상의 꽃 모양은 다양하다
꽃들은 갖가지 모양으로
세상에 하고픈 말이 있는 모양이다

꽃은 무슨 말을 하려고
붉은 꽃으로 피어났을까
처녀치마 꽃말은 "기세, 활달"인데
꽃말처럼 활달하게 피었다

숲속에서 눈뜨며 피어나는
꽃은 생명의 소중함을 알려준다
꽃 피는 순간이 있으니
고독한 것만은 아니다

꽃 피고도 못다 한 말
언제 할까 그리움만 남았다

꽃들은 땅 있는 곳 어디든지
고개를 쑥 내밀고 피어나
목숨의 소중함을 알려준다

은방울꽃

예쁜 하얀 방울 속에서
지금 당장이라도
은은한 종소리가 울려 퍼질 것 같은
아름다운 꽃이다

숲속에서 얼마나
방울 소리를 내고 싶으면
꽃대를 타고 오르며
은방울꽃이 줄지어 피어날까

하얀 꽃을 보면
볼수록 앙증맞고 아름다워
한 장의 사진으로나마
오랜 추억으로 남겨놓고 싶다

꽃향기가 아름다워
향수를 만든다는
꽃을 보면
하얀 은방울 소리가 듣고 싶다

숲속에서 방긋이 웃으며
얼굴을 내민 꽃 세상이 보고 싶어 왔다

애기나리

꽃말이 "깨끗한 마음"인 애기나리꽃
작고 귀엽고 하얀 꽃이
고개를 숙이고 수줍은 듯 핀다

보란 듯이 활짝 꽃 피우지 못하고
땅을 보며 옹기종기 모여서
여섯 개의 꽃잎에
수술이 여섯 개 암술이 한 개
하얀 꽃으로 함께 피어난다

세상을 향하여 순수한 모습으로
피어나는 애기나리꽃에는
아기들의 해맑은 웃음이 묻어 있다

밤하늘에 작게 보이는 별들이 소중하듯
이 넓은 세상에 피어나는
작은 꽃들이 얼마나 소중한가

고독한 세상에 쓸쓸한 세상에
외로운 세상에 꽃들이 주는
기쁨과 즐거움과 희망의 힘이
아주 대단하다

애기나리꽃은 작지만
꽃을 피워서 세상에 보여주고 있다
하얀 꽃을 보고 있으면
꽃들의 목소리가 들리는 듯하다

외로움이 그리움이 꽃으로
보란 듯이 피어난다

윤판나물

외딴 산천에 피어
누군가의 관심을 받고 싶고
사람들의 눈에 보이고 싶다

이름도 생소한데 산지와 구릉의 숲에서
자라나 꽃이 피어
낯선 듯 만났다가 정드는 꽃이다

꽃들은 대부분 하늘을 향하여
보란 듯이 피어나는데
백합과인 윤판나물꽃은
꽃 하나에 여러 개의 노란 꽃이
고개를 숙이고 땅을 보고 피어난다

꽃대에서 2센티미터 정도의
노란 꽃이 여러 송이가 함께
피어나는 야생화다

봄에서 여름 초입에
산에 오르내리다 관심을 갖고 보면
꽃을 만날 수 있다

윤판나물꽃은 야생화 중에
노란 꽃으로 피어난다

산자고

산자고에 꽃 피면 밤에도 풀숲이
외롭지 않을 것 같다

하얀 꽃이 햇살을 받으며
피어날 때 얼마나 아름다운가

꽃망울 열리며 꽃 피어나는
순간이 얼마나 신비로운가

사랑하는 이 고운 얼굴에
밝은 웃음꽃 피어나듯
산자고꽃 웃음이 밝고 아름답다

산자고 꽃 피우고 싶은 열정을
숨겨두지 못하고 올곧게 자라나
하얀 꽃을 피운다

아름다운 꽃을 보면
밋밋하던 삶에 생기가 돌고
산다는 기쁨과 살아갈 의욕이 생긴다

저리도 곱게 피어나니
꽃을 보물찾기 하듯 만날 때
기쁘고 즐겁고 행복하다

연영초

봄 숲에서 사랑하는 이
보고픈 얼굴을 만난 듯
하얗게 피어나는 꽃이 아름답다

깊은 산속에 숨어들어
남몰래 피어나기에
쉽게 볼 수도 쉽게 만날 수도 없는
그리움이 가득 차오르는 꽃이다

"수명을 연장한다"는 꽃말처럼
연영초꽃을 보면
꽃들마다 사연이 담겨 있다

숲속에서 꽃을 만나면
그날의 산행은 기분이 좋아
삶을 더 멋지게 살고 싶어진다

숲속에서 꽃향기를 맡으면
산행하는 내내 기쁨이 넘친다

늘 마음 두고 싶은 아름다운 꽃은
숲속에 숨겨놓은 애인 같은 꽃이다

야생화는 벼랑 끝에서도 꽃이 피어
살아 있음을 알린다

산을 떠나면 멀어지지만
야생화는 내 마음에 늘 피어난다

나도개감채

산속을 걷다가
우연히 풀들을 바라보다가
아름다운 꽃을 만나면
기분이 아주 좋아진다

깊고 깊은 산속에서
만나는 하얀 꽃이다

음지와 양지 사이에서
꽃 피기를 좋아하지만 만나기란
그리 쉽지는 않다

너무 외로워서
깡마른 꽃대가 올라와
꽃이 피어난다

산속에서 만나는 꽃이
얼마나 예쁘고 아름다운가

우연히 만나는 꽃이
얼마나 소중하고 어여쁜가

잘 모르던 야생화를 알아갈수록

숲과 들에 꽃들이 펼쳐진 곳이
신비롭고 마음에 기대가 된다

겨우내 꽁꽁
얼었다 풀리기 시작하는 봄날에
숲속에서 꽃들이 아름답게 피기를
마음속으로 간절하게 고대한다

진황정

외진 곳에서 피어나는 꽃은
쓸쓸하고 외로워도 운명적으로 피어난다

풀이라도 돋워 관심을 받을까
꽃이라도 피워 관심을 받을까
열매라도 맺어 관심을 받을까

꽃대가 활 모양으로 땅 쪽으로 휘어지면서
꽃이 열매가 열리듯 피어난다

녹색이 살짝 다가온 듯
백색 꽃이 주렁주렁 피어나는
꽃이 진황정이다

오월에 야생에서 한목숨 다해
피어나는 꽃은
피어나면 더욱 아름답다

꽃은 얄밉도록 아름답고
향기가 가슴에 스민다

꽃들은 어쩌다 스쳐 지나가는
눈빛이라도 받고 싶어
누가 찾아올까 잠들지 못한다

맥문동

겨우살이 여러해살이풀 맥문동
산그늘 아래서 꽃대 위에
작은 꽃들이 수없이 달려서
연보라색 꽃이 한 무리가 되어 핀다

맥문동은 매서운 한파가 몰아치는
한겨울에도 잎이
바람이 불 때마다 불안하게 흔들려도
초록을 잃지 않고 살아남아
봄이 오면 자라나 꽃을 피운다

맥문동은 야생화지만 공원이나
화단에 가득 많이 심어
보라색 꽃밭을 이루면 풍경이 아름다워
만발한 꽃을 구경한다

맥문동 꽃대 층층이 꽃 피면
꽃향기 벌 나비를 부르고
보라색 꽃의 아름다움을 만날 수 있다

맥문동의 뿌리는 봄과 가을에 캐내어
말려서 한약으로도 쓴다

붓꽃

산과 들에 피어나는 야생화는
누가 나를 찾아와 주었으면 좋겠다
누가 나를 보고 싶어 하는 날이 있었으면 좋겠다는
마음으로 피어나는 것 같다

붓꽃은 우리나라 토종 야생화다
5~6월에 흔하게 자주
볼 수 있는 꽃으로
독특하고 정겹고 아름다운 꽃이다

꽃을 보고 있으면 붓을 연상시켜
꽃 이름이 붓꽃이라고 한다

공원에서도 정원에서도
관상용으로 키우고 있어
많은 사람의 사랑을 받는 꽃이라
만날 기회가 많다

청자색 짙은 꽃이 난의 꽃잎처럼
길고 뾰족해서
꽃의 아름다움이 더 살아난다

꽃이 희망처럼 피어난다
꽃이 사랑처럼 피어난다

금전초

하얀 바탕에 붉은 점이 있는
꽃 모양이 독특하다

산과 들 어디든 찾아와
보라고 피어나
눈길이 자꾸만 꽃을 찾는다

세상의 수많은 꽃을 보며
이런 꽃도 있구나
관심이 가고 눈길이 간다

어떤 꽃도 하찮은 꽃이 없고
들꽃 하나하나가 귀하고 소중한 꽃이다

얼마만큼의 세월의 흐름 속에
꽃이 피어나는가
우리가 알지 못하는 세월을 살아왔다

꽃도 눈이 있어
사랑하는지 미워하는지 잘 알고 있다

여기 야생화가 피어 있다
야생화를 보면
삶의 고달픔이 사라진다

뚜껑별꽃

뚜껑별꽃은 다섯 개의 꽃잎에
빨갛고 노란 꽃술과 함께 자주색 꽃이
남쪽 지방과 제주도에서 핀다

꽃이 무리 지어 피는 걸 보면
땅 위에 자주색 별꽃이 피었다

자주색과 빨간색, 노란색이
조화롭게 어울려 피는 꽃으로
잎 속에서 피어나
한 폭의 그림으로 그려도 좋을 것 같다

사진을 찍어보면 색감이 더욱 살아나
꽃의 진미를 찾아볼 수 있다

자수를 할 때 꽃을 수놓으면
자수 속에서 아름답게 꽃 피어난다

봄이면 숲속에 새싹이 돋고
봄비 맞고 햇살을 받아
겨우내 말랐던 풀잎들이
초록으로 옷을 갈아입고
절규하듯 꽃을 피워낸다

꽃망울 터져 꽃 피는 날
얼마나 좋았을까 얼마나 기뻤을까
씨앗부터 꽃 필 때까지
얼마나 가슴 조였을까

앵초

앵초는 친구 별명 같고
사랑하는 이 애칭 같다

보고픈 사람처럼 다정하고 정겨운 이름
부르고 싶은 이름 앵초꽃이다

풀숲에서 만나는 붉은 꽃이 예쁘다
햇빛 달빛 별빛 다 받아
꽃 피어서 아름다운가 보다

바람이 꽃잎을 흔들면
꽃은 좋아라 웃는다
꽃 속에서 순결의 맑은 모습 찾았다

붉은 자주색 꽃잎이
눈짓하며 "날 보러 오세요"
마음을 당기며 피어난다

꽃향기 날리면 꽃 속에 숨어 있는
꿀 찾으러 벌 나비 찾아온다

우리나라 곳곳에서 피어나는
앵초꽃을 보면 다정하게

말을 걸고 싶고 사랑하고 싶다

숲에 야생화 피어
가는 곳마다 아름답다

좀가지풀

좀가지풀꽃은 제주도, 지리산
강화도 산에서 피어나는 야생화다

초록 잎에 둘러싸여서
노란 꽃이 피어난다

산기슭에서 꽃을 피우기 위하여
길고 긴 기다림이 있었다

한겨울 눈밭에서도 초록을 꿈꾸고
꽃 피울 날을 꿈꾸다 피어나
간절한 꿈을 이룬 것이다

밤마다 풀벌레 소리 듣고
밤마다 별들의 이야기를 들어가며
꽃 피울 날을 고대하며 기다렸다

햇살이 스며들어
바람이 스며들어
비와 이슬이 스며들어 꽃이 핀다

꽃이 필 때 소리는 들리지 않지만
간절한 바람으로 허공을 찢고
이 세상에 꽃을 피운다

갯무

갯무는 야생 무라고 해야 할까

흙이 아니라 모래땅에서 자라
발을 좀 더 쉽게
쭉 뻗고 잘 자랐을 것 같다

잎과 뿌리는 매운맛과
야생의 맛이 있어 무를 씹는 맛이 난다

이 세상에는 풀이나 사람이나
어떤 모습으로 태어나는가에 따라
삶과 운명이 달라진다

꽃 피는 꿈을 버리지 않고
불쑥 피어나 향기를 날리며
꿈을 이루어가고 있다

인적 드문 외진 곳에서
아무 두려움 없이 꽃을 피워
세상의 한 모퉁이 아름답게 만든다

꽃을 보며 잠시 머물다 떠나려는데
자꾸만 다시 보라고
등을 잡아당기고 있다

갯장대

갯장대가 싹이 트고 세상에 나와
꽃이 무더기로 피어난다

어느 산천을 떠돌다가
이 곳에 와서 터를 잡고 꽃 피었을까

누구에게 꽃 피워주고 싶은 것일까
누구에게 꽃다발을 주고 싶을까
누구의 품에 안겨주고 싶었을까

꽃다발을 만들어가며 꽃 피는 것을 보면
사랑을 주고받고 싶은 마음이
가득해서 그런가 보다

울릉도와 제주도 섬에서 자라는
갯장대를 만나려면
섬으로 여행을 떠나야겠다

풀잎이 바람이 불 때마다
몸살을 앓듯 흔들리면서
보란 듯이 꽃을 피워놓았다

야생화는 처음 보았는데도

보고 있으면 낯익은 얼굴처럼
자꾸만 정이 든다

꽃다지

푸른 하늘 아래 쏟아지는 맑은 햇살 속에
겨우내 얼었던 몸 풀리면
꽃다지가 자유롭게 피어난다

쓸쓸한 고독에 가슴이 옥죄이다
살고 싶은 욕망에 꽃으로 피어난다

적막한 외로움에 가슴 아파하다가
울음 터지듯 꽃으로 피어난다

사랑하는 이 머리 위에
노란 꽃 화관을 만들어 씌워주고 싶다

바람결에 노란 꽃 웃음 세상을 향하여
간간이 날려 보내고 있다

작은 꽃 노란 꽃도
향기를 뿜어내어 벌과 나비를 부른다

모진 세상에서 앓던 가슴앓이
속앓이도 야생화를 보고 있는 동안
사라져 마음이 편해진다

들풀끼리 부대끼며 살아도
살아남는 재미가 있다

황새냉이

황새냉이 외로운지 꽃들이 함께 모여
하나가 되어 꽃이 핀다

한 해가 아니라 두 해를 살면서
꽃을 피우니 독특하다
한 해는 부족하고 두 해쯤은 살아야
세상을 알 것 같나 보다

꽃 크기가 작아
그저 풀에서 핀 꽃이려니 하고
사람들이 잘 관심을 주지 않는다

풀이 자라 꽃이 핀다는 것은
살아남아 존재한다는 것이다

땅에서 온갖 시련을 겪으며
살아남기가 쉽지 않아
버티고 견디며 꽃을 피운다

키는 작아도 마음의 키를 키우며
내일을 고대하며 살아간다

길을 걷다가 꽃향기가 나면

눈길이 꽃을 찾는다

세상의 모든 꽃은
보면 볼수록 신비롭고 아름답다

냉이

봄이 오면 냉이 향기가
어디선가 나는 것 같다

나물 캐러 갈 때 제일 먼저
생각나는 것이 냉이다

봄에는 동네 아이들과
들로 산으로 냉이를 캐러 다녔다

이른 봄 하얀 꽃이 피어
봄소식을 전해주는 꽃인데도
나물을 먼저 생각하며 살았다

냉이꽃이 어떻게 생겨나는지도 모르고
나물로 맛있게 무쳐주시는
엄마 생각에 나물 캐러 다녔다

자금도 냉이를 보면
엄마 생각이 난다
냉이 캐러 다니던
친구들 생각이 난다

어린 시절 추억 속에
냉이 향기가 남아 있다

자주괴불주머니

무엇을 담고 싶어서 꽃 이름에
주머니를 넣었을까

아마 사랑을 담고 싶었을 것이다
아마 눈길을 담고 싶었을 것이다
아마 관심을 담고 싶었을 것이다

외진 곳 골짜기 숲속이
아무리 조용해도 꽃은 피어난다

나무들이 울창한 숲속이 적막해도
꽃들이 말없이 피어난다

쓸쓸하고 외로운 상처가
한 서린 아픔이 꽃으로 피어난다

긴 잠에서 깨어나듯 피어나는
꽃을 보면 이름답고 좋기만 하다

싱그러운 바람에 꽃이 흔들리면
꽃향기 퍼져나간다

꽃향기 향긋함에 취하면
꽃이 보고 싶어 늘 그리워진다

갯괴불주머니

꽃으로 피어나서도
무슨 욕심이 남아서
주머니처럼 노란 꽃을 피웠을까

꽃대 솟은 위아래로
노란 꽃이
참 많이도 피었다

바닷가 모래땅에서
바닷바람 맞아가며 피어나면서도
마음속에 꼭 간직하고 싶은 것들이
많고 또 많았나 보다

우리나라 제주도와 울릉도
섬에서만 볼 수 있는
갯괴불주머니꽃

노란 꽃 위에 자주색 무늬를 지닌
꽃 주머니마다 사랑을
듬뿍 가득 많이 담아주고 싶다

애기똥풀

아기는 예쁘다
아기를 키우는 엄마는
아기의 모든 것이 소중하고 예쁘다
아기의 똥까지 엄마는 예쁘다

애기똥풀은 줄기를 꺾으면
아기 똥같이 노란 물이 나온다고
이름을 붙였다고 한다

꽃 이름만 들으면
꽃도 안 예쁠 것 같은데
노란 꽃은 예쁘다

꽃말이 "엄마의 지극한 사랑
몰래 주는 사랑"이라고 하는데
풀이름과 인연이 깊어 보인다

꽃은 이름과 다르게
작고 예쁘고 귀엽고 앙증맞다

꽃이 자기 이름에 실망하지 않게
만날 때마다 예쁘다 귀엽다
칭찬을 많이 해주어야겠다

애기풀

양지바른 곳에서 꽃을 볼 수 있고
우리나라 전국과 러시아 일본
중국에서 볼 수 있는 야생화다

세상에 잘 드러나지 않는 야생화를 찾아다니며
찾고 만나는 기쁨도 쏠쏠하다

산과 들 햇볕이 잘 드는 곳에서 꽃이 잘 핀다

꽃이 연약해 보이고 나약하여
안쓰러운 꽃이라 만지면
금방이라도 부서질 것만 같다

꽃 이름처럼 애기풀꽃은 소중하게
다루어야 할 소중한 야생화다

꽃이 피는 기간이 짧고
꽃이 귀한 꽃이라 보기가 쉽지 않다
본 사람도 적고 키우는 사람도 없어
귀하고 귀한 야생화다

산책하다가 야생화를 만나면
반갑고 정이 깊이 든다

괭이눈

열매를 맺으면
마치 고양이 눈동자의 동공과
모양이 비슷하다고
괭이눈이란 이름으로 불린다

꽃 색깔은 담황색이지만
꽃과 잎이 차이 별로 없어
꽃인지 잎인지 눈에 잘 들어오지 않는다

봄꽃이 한참 피었다가
꽃이 떨어질 때
기다렸다는 듯이 피어나는 꽃이다

꽃이 예쁘거나 향기가 좋거나
화려하지 않아
눈에 잘 띄지 않는다

세상에 아무 존재감 없이
살다가 떠나는 사람들처럼
홀로 피었다가 지는 꽃도 많다

풀들도 꽃이 피듯이
살다 보면 왠지 좋은 날이 찾아온다

바위취

하얀 꽃이 눈 내린 듯 피어나는
바위취 하얗게 꽃이 피면
한자의 대大 자를 닮았다고
대문자大文字 꼴이라고도 부른다

바위취는 어린잎에 털이 부드럽게
나 있어 호랑이 귀를 닮았다고
범의 귀라고도 부른다고 한다

물기 먹은 바위 사이에서 잘 자라
바위취라 이름을 얻게 되었다

엄동설한 한겨울 한파 속에서도
살아남아 바위틈에서 털을 덮고
봄이 오기를 기다린다

누가 물 주지 않아도
누가 가꾸지 않아도 살아남는다
봄비 내리면 눈 크게 뜨고
더 힘차게 잘 자란다

누가 언제 이름을 붙였는지
묘한 생각과 기분이 들고
참 재미가 있는 꽃들의 세상이다

뱀딸기

이름이 섬찟하다
줄기가 땅을 기고
붉은 딸기가 열려서 뱀딸기인가

풀밭에 아무것도 없을 것 같은데
노란 꽃을 피우고
빨간 열매를 맺어놓는다

산길을 걷다가
열매를 따 먹는 재미가 있고
순간의 만족을 느끼는데
맛이 없어 마음을 충족시키지 못한다

야생화 중에는 열매를 맺는 것이
그리 많지 않다

산에 오르다 꽃을 만나면
왠지 신기하고 반갑다

풀과 나무는
열매가 있어야 사랑을 받는다

사람이나 야생화도 이름값을 한다
야생화는 멀리서 보아도 아름답다

양지꽃

햇살을 받으며
노란 꽃을 피워놓았다

꽃이 피는 것은
하늘을 향하여 세상을 향하여
아름다운 문을 여는 것이다

싹 돋아나 생명력이 강해서
어디서든지 살아남아 꽃을 피운다

산골짜기 돌 틈 속에서
양지꽃 피어 꽃향기 내뿜어
마음에 잔잔한 파문을 일으킨다

산길이 고독할까 봐
산길이 적적할까 봐
꽃이 피어 고개를 내밀고
다소곳이 피어나며 웃는 꽃
웃음이 예쁘다

벌 나비 간간이 찾아오지만
기다림을 마다하지 않고 기다려준다

찾아오는 사람 드물어도
묵묵히 아무 말 없이
기다리며 꽃을 피운다

숲길을 걷다가 피곤하고 외로워도
반가운 꽃들을 보며 마음을 달랜다

갯완두

모래알 속에서 풀잎 자라
꽃이 핀다

하얗게 부서지는 파도 소리 들으며
바닷바람 맞아가며
풀잎의 속살이 뜨거운 열망으로 가득해지면
생명의 꽃이 피어난다

모래 위에 피어난 꽃
야생화 누가 그 이름을 알까
모래 위에 피어난 꽃
야생화 누가 찾아와 알아줄까

바닷가에서 외롭지 않으려고
살아남아 당당하게 꽃을 피우고 있다

바닷가에서 꽃을 만날 수 있는
기회를 주고 시간을 주며
아름답게 피어난다

모든 고통을 이겨내고
모래 위를 기어가듯 퍼져나가며
5~6월에 꽃이 피어난다

사람들이 무심하다 하여도
야생화를 기억하고 사랑하는 사람들이
찾아와 사랑을 나누어준다

자운영

들판 곳곳에서 만나는
마냥 어여쁜 꽃

바람이 불 때마다
가볍게 몸을 흔들며
춤추는 붉은 꽃

꽃이 자줏빛 구름을 닮았다고
자운영이라 부른다

붉은 토끼풀 모양의 꽃이지만
풀밭에서 논길에서
흔히 자주 만나는 꽃이다

초록 속에 붉은빛이 피어
눈길이 가는 꽃이다
풀밭의 붉은 꽃이
풍경을 아름답게 만든다

예쁜 자운영은
꿀을 선물해 주고
여린 잎은 나물로
음식이 되기도 한다

앉은부채

겨울바람에 찬 기운 살아 있을 때
성질이 급해
안달 떨듯 꽃을 피운다

풀잎들이
그리움의 손을 뻗쳐
그리움이 모이면 꽃이 피어
그리운 눈길을 기다린다

눈 속에 앉아 있는 듯한 모양으로
잎보다 먼저 피어나는 꽃이
신기한 앉은 부채 모양이다

꽃이 모자를 쓴 듯한 모양이
세상이란 무대에 출연하는
연극배우 같다

꽃은 노란색 타원형으로 피며
꽃 모자를 쓰고 마치 동화 나라
이야기를 만들고 있는 것 같다

앉은부채꽃이란 이름만큼
신비한 나라에서 찾아온
손님 같은 꽃이 앉은부채꽃이다

제비꽃

강남 갔던 제비가 돌아올 때면
기다렸다는 듯이 제비꽃이 핀다

산과 들 어디든
길 따라 걷다 보면 만나는 꽃이다

꽃 속에 아름다운 사랑이 살고 있다
꽃 속에 내일의 희망이 살고 있다

제비를 사랑하고 좋아하는 마음이 가득해
꽃 모양도 제비를 닮아 제비꽃이다

하루 종일 햇살이 따뜻한
곳에서 씩씩하게 잘도 자란다

돌 틈에서도 피어나지만
너무 작게 피어 멀리서 보면 모르고
가까이 다가와서 보아야 알 수 있다

제비꽃은 야생화 중에
잘 알려지고 사랑받는 꽃이다
제비꽃 바람에 흔들릴 때마다
그리움이 가슴 가득 차오른다

졸방제비꽃

졸방제비꽃은 작은 꽃이지만
꽃대 하나 곧추세워
당당하게 하얀 꽃을 피운다

숲속에서 외로운 절규 하나
고독한 외침 하나 꽃으로 피고
양지에서 보란 듯이
하얀색 자주색 꽃이 핀다

산속에서 외롭고 쓸쓸해도
제풀에 지치지 않고 꽃 핀다

촉 하나 올려
꽃 피울 때마다 사는 맛이 난다

흘러가며 녹슬어 버린 세월 떠나보내고
겨울에도 앙상하게 살아남아
꽃이 살아 나와 햇살에 생기가 돌아
아름다운 꽃 핀다

야생화가 한겨울 추위에도
살아남는 것은 꽃을 피우기 위해서다

솜나물

야생화 중에 봄과 가을에
만날 수 있는 꽃이다

봄에는 하얀색으로 설상화로 피어나고
가을에는 꽃잎이 닫혀 핀다

봄과 가을에 두 번이나 꽃 피는 것은
혹시 나를 잊어버리지 않을까
혹시 나를 영영 외면하지 않을까
두려움에서 피어나는 것은 아닐까

봄에는 난꽃처럼 피는데
솜털이 나와 솜나물이라 부른다

한 번 꽃 피었다 지는 동안
사람의 눈빛은 못 마주쳐도
바람의 눈길 나무와
풀의 눈길 받으며 자라난다

외롭게 피어도 잊히지 않으려고
지고 나면 다시 보란 듯이 피어난다

봄가을에 다른 꽃이
피어나는 신기하고 신비로운 꽃이다

머위

개울가에서 쑥 돋아나
얼굴을 하늘을 향하여
내밀듯 피어난다

세월의 아픔을 꽃으로 피웠지만
꽃이 아름답지도 않고
예쁘지도 않아 사랑받지 못하겠다

꽃이지만
꽃답게 피지 못하여
평생 안쓰러운 마음을 갖고 살 것 같다

머위야 너도 한번
이 세상에 꽃다운 꽃으로 피어나라
머위야 너도 한번
향기로운 꽃향기로 사랑을 받아보아라

꽃이 식용이 되기도 하니
식용이 되기 위해서
찾아왔을지도 모른다

머위야 언제 한번
꽃다운 꽃으로 오지게
마음 단단히 먹고 멋지게 피어라

개보리뺑이

아무 생각 없이 무심코 지나던
길가에 노란 들꽃이 예쁘게 피어난다

민들레꽃을 닮고
씀바귀꽃을 닮은 듯
아름다운 꽃이 피어난다

숲속에서 논밭 개천가에서
이슬 젖은 잎들 속에
작은 얼굴을 내밀며 피었다

꽃이 눈에 잘 띄지 않는 것은
나를 찾아보라고
숨바꼭질하는 건지 모른다

생각지도 않은 곳에서
생각하지도 못한 곳에서
개보리뺑이를 만나면 반갑다

개보리뺑이꽃은
화려하지도 대단하지도 않지만
노란 꽃 작은 꽃이 예쁘게 피었다

민들레

봄이면 곳곳에서 노란 민들레꽃을
만날 수 있어 심심하지 않다

민들레를 볼 때마다
노란 웃음으로 반겨주기에
반가운 친구처럼
"민들레야!" 이름을 불러주고 싶다

늘 친근하게 다가오는
민들레가 피어나는 봄이 좋다

늘 친근한 민들레가 피어나는 봄
왠지 민들레를 만나면 기분이 좋고
입가에 웃음꽃이 피어난다

노란 민들레꽃
눈길 받고픈 마음이 가득하게
온 들판 곳곳에서 피어난다

민들레 홀씨가 되어 날아가
또다시 꽃을 피운다

서양민들레

민들레꽃은 종류가 얼마나 많은지
전 세계에 200~400종류가 있다

서양민들레 노란 꽃은
토종 민들레꽃보다 꽃술이 많고
봄 여름 가을에 걸쳐서
들과 풀밭에서 많이 만날 수 있다

넓은 세상에 작은 꽃 피어
무슨 소용이 있느냐 말하지 마라
밤하늘의 작은 별들이
얼마나 아름다운가

해마다 다시 꽃 피어 찾아오는
서양민들레 노란 꽃이
세상 사람들에게 꽃웃음을 선물한다

아름다운 꽃의 유혹은
아무리 받아도 좋다

흙 한 줌이 있으면 자라고 피어나는
풀꽃들 참으로 고귀하고 소중하다

흰민들레

풀숲을 헤치고 나오는
흰민들레꽃 예쁜 얼굴이 아름답다

흰민들레꽃 들판에서 만나면
왠지 정이 간다

외로운 곳
쓸쓸한 곳에서 피어나
행복을 주니 만남이 좋다

들풀이 꽃이 피기까지
얼마나 애를 쓸까

들풀이 꽃이 피기까지
얼마나 혼신을 다할까

꽃망울이 꽃이 되어
활짝 피기까지
얼마나 아픔을 겪어야 할까

솜방망이

푸른 하늘 아래 부서지는 햇살 속에서
솜방망이 꽃대 하나에 여러 송이 꽃이 피어난다

꽃은 줄기와 잎의 양쪽에 솜털이 있어서
솜방망이라고 부른다
여름이 오는 길목에 피어서
솜방망이꽃이지
가을에 피면 들국화인 줄 알았을 것이다

햇살을 좋아해 햇볕이 드는
양지에서 피어나
노란 꽃 노란 색깔이 빛난다

야생화를 가까이하면 욕심이 없어지고
야생화를 가까이하면 마음이 편해지고
야생화를 가까이하면 시가 떠오른다

야생화는 그리움이 꽃으로 피어난다
사랑이 꽃으로 피어난다
보고픔이 꽃으로 피어난다

산길 들길을 걷다가 만난
꽃을 보고 있으면 마음이 착해진다

아름다운 야생화를 보면
길을 떠나면서도 다시 보고 싶어
자꾸만 뒤를 돌아본다

벌깨덩굴

벌깨덩굴꽃은 우리나라 토종 야생화다

산 계곡에서 산그늘에서
길고 긴 줄기 따라
보라색 꽃이 줄지어 피어나고
보라색 꽃이 독특해
한동안 눈길을 사로잡는다

꽃이 작아
관심을 갖고 찾아야 하고
부지런히 찾아다녀야 볼 수 있는 꽃이다

눈에 띄지 않게 절묘하게 숨어서
몰래 피는 야생화를 만나면 반갑고
보면 볼수록 신기하다

슬프고도 외로운
꽃처럼 피어나는 꽃은
계절 따라 만나도 좋다

언제 만나도
언제 보아도 아름다운 꽃
너무 소중해

만지지도 못하고 바라본다

세상은 늘 쫓기며 살아 불안한데
숨은 듯 피어나도 아름답다

광대수염

허공에 꽃 그림 그려놓듯
피어나는 꽃이 살아 있는
생생함이 자연스럽게 그대로 전달된다

광대수염꽃은
광대가 달고 싶은 수염 같은 꽃일까
광대처럼 살고 싶어 꽃이 핀 것일까

풀잎 겨드랑에 층층이 달려
보기 드물게 피어나는 방법으로
하얀 꽃 연한 붉은색 꽃이
독특한 아름다움으로 핀다

야생화가 누가 보든 안 보든
자유롭게 피어나는 것은
하늘의 해와 달과 별이 지켜주기 때문이다

꽃이 피는 절정의 순간이 있기에
어떤 시련과 고난에도 포기하지 않고
아무도 찾지 않는 곳에서도 살아남는다

잡풀 속에서도 주저앉지 않고
포기하지 않고 살아남아 아름다운 꽃을 피운다

광대나물

꽃을 보면
마치 광대들이 춤추는 것 같다

꽃을 자세히 보고 있으면 자연스레
얼쑤 좋다! 얼쑤 좋다! 말이
입에서 터져 나올 것 같다

꽃이 무대가 되고 꽃이 광대가 되고
꽃이 춤을 추고 있으니 신비롭다

꽃을 보고만 있어도
꽃이 이리도 멋지게
꽃이 이리도 신나게
꽃이 이리도 기쁘게 하는가 신기하다

아름다운 야생화는 보고 나면
오랫동안 생각나는 아름다운 추억으로 남는다

우리가 이렇게 만나기 위해
꽃을 피웠구나

지나가는 바람도 야생화 꽃잎에
잠시 머물다 떠난다

꿀풀

산에 오르다 산기슭에서 만나는
보라색 꽃이 한 뭉치로
뭉쳐서 꽃망울 터져 피어난다

꽃을 피우기 위해서는
이슬 한 방울 한 방울이 소중하고
비 한 방울 한 방울이 소중하고
바람 불 때마다 소중하다

야생화도 꽃 피는 날들이
가장 아름다운 날들이다

야생화도 꽃 피는 시간이
가장 행복한 시간이다

꽃을 피우기 위해
지금까지 견디어온 것이다
꽃을 피우기 위해
여기까지 찾아온 것이다

꽃이 사람이 그리워 필까
사람이 꽃이 그리워 찾아올까
그 무슨 꽃이든
꽃이 피는 것은 아름다운 일이다

금창초

야생화 꽃 이름으로는
참 독특하다

자주색 꽃이 색깔도 꽃도 예쁜데
왜 상처를 입었다고 했을까

꽃잎 중에 반 정도가
찢겨 나간 듯 보이기 때문인가

왜 꽃이 피기도 전에
상처를 입고 나왔을까
자연의 조화와 신비는 알 수가 없다

금창초는 한자로
金瘡草라고 쓰는데
사람의 몸에 상처가 나거나 종기가 난 곳에
이 풀을 찧어 발라서 생긴 말이다

꽃 생김새도
약으로 쓰임도 참 신기할 뿐이다

금창초도 다음 생애에는
온전한 꽃으로 다시 태어나
아름답고 멋지게 피었으면 좋겠다

미치광이풀

미치광이풀은 산에서 햇빛이 찾아드는
양지를 벗어나 그늘에서 잘 자란다

무슨 한이 많아서인지
무슨 원통이 터져서인지
풀이름마저 미치광이풀이다

피는 꽃마저 땅 색깔과 비슷해
구별이 안 되니
꽃이 피어도 사랑도
관심도 받지 못하고 피었다가 시든다

풀 몸속에 독까지 흐르는 것은
가슴에 독한 원한이
가득하기 때문이 아닐까

마음이 독해질 때 미치광이풀은
꽃을 피워놓았다

미치광이풀을 먹으면
착각을 일으키고 고통 속에 미친 듯이
뛰어다닌다고 하니
이름 그대로 미치광이풀이다

꽃마리

조그만 꽃이 다섯 개의 꽃잎으로
앙증맞고 예쁘게 피어
세상에 얼굴을 환하게 내밀고 있다

꽃이 필 때 태엽처럼
돌돌 말려 있다가 밑에서부터
한 송이씩 피어나서 붙여진 이름이다

바람이 불면 바람 따라
몸 흔들며 피어 있는 꽃이 예쁘다
꽃잎이 열리면 꿀 향기에 벌 나비 찾아온다

일 년에 한 번씩 피어나는 꽃
일 년을 기다리며 피어나는 꽃이니
꽃 피어 있는 시간이 얼마나 소중한가

꽃이 저리도 아름다운 것은
순수하기 때문이다
꽃이 피면 주변이 한동안 더 아름답다

초록 빛깔 풀밭도 좋지만
꽃마리꽃 피어난 곳이 좋아 언제부턴가
꽃마리꽃 매력에 푹 빠졌다

갯메꽃

외로운 섬 독도와 우리나라 바닷가
모래밭에서 내려앉은 듯 낮게 자라는
빨간 갯메꽃이 바닷바람 맞으며 피어난다

모래밭에 나팔꽃 모양을 닮아
아름답게 꽃 피어나니
이 얼마나 놀라운 일인가

파도가 몰아치는 바닷가에
꽃이 피어나 하늘을 바라보고
파도를 바라보고 있다

바닷가를 사람들이 무심히 지나가도
의연하게 파도 소리를 들으며 피어난다

사시사철 몰아치는 파도가
힘들어서 지치지 말라고
모래사장에 꽃이 피어난다

이 세상 어디서나 순간순간마다
피어나는 꽃으로 인해
살아갈 힘이 난다

시끄럽고 떠들썩한 파도 소리 속에서
소란스러운 세상 소식을 들으며
아무 소리 없이 피어난다

홀아비꽃대

왠지 외롭고 쓸쓸해 보이는 꽃
홀로 떨어져 외롭게 피었다

꽃이 피어도 이름처럼
홀아비처럼 쓸쓸함이 보인다

숲속에서 어울려 살면서도
무척 외로움을 타나
눈물이 꽃이 되어 피었다

홀대받은 듯 햇살이 찾아드는 양지에도 못 살고
그늘진 음지에서 피어나는 꽃이다

꽃 모양도 그리 예쁘지 않고
그리 탐스럽지 않아
스쳐 지나가도 보는 둥 마는 둥 떠나버릴 것 같다

쓸쓸하다는 것은 가슴 아프고
외롭다는 것은 가슴 시린 일이라
외로워 외로워서 꽃이 피어난다

이 넓은 세상에서
홀아비 꽃으로 피어난다는 것은

얼마나 괴롭고 외로운 일인가

홀로 쓸쓸하다는 것은
만나지 못하고 함께하지 못하는
고독한 슬픔이 남아 있다는 것이다

개별꽃

이름 없는 꽃인 줄 알았더니
꽃 이름이 있구나
버림받은 꽃인 줄 알았더니
꿋꿋하게 살아 사랑받고 기억되고 있구나

개별꽃은 생소한 이름이지만
피어나는 작은 꽃이 아름답다
꽃 속에서 보이는 보라색 수술이
앙증맞게 예쁘다

꽃이 하늘을 보고 피어나고
꽃잎이 다섯 장으로 되어 있고
파도 모양의 주름이 있다

꽃이 없다면 세상은 얼마나 삭막할까
꽃이 없다면 세상은 얼마나 쓸쓸할까
꽃잎 하나하나가
산속에서 잠시나마 기쁨을 준다

산속을 걷다가 개별꽃을 만나면
한 송이 한 송이 피어주어서
고맙다고 인사를 나누고 싶다

산속에서 혼자서도 씩씩하게
피어났으니 외롭지 않게
웃음을 선물해 주어야겠다

별꽃

풀잎 초록이 살아남아
꽃까지 피워야 아름답다

푸른 잎 사이에 별처럼 열 개의 꽃잎으로
피어나는 하얀 꽃이 별꽃이다
별꽃이 피면 하얀 꽃 웃음이 가득해진다

이 넓고 넓은 세상에
꽃 크기가 6~7밀리밖에 되지 않는
작은 꽃이다

넓고 넓은 밤하늘에 별들이 빛나는 것처럼
산과 들에서 별꽃이 피어 빛난다

꽃은 아름다워야 한다
꽃은 별처럼 빛나야 한다
꽃은 사랑을 받아야 한다

별꽃에게 무슨 말을 해야 할까
언젠가 다시 찾아오겠다고 말할까

기약 없는 말을 할 수 없고
마음만 주고 간다고
늘 기억하며 살겠다고 말해줄까

띠

풀밭과 강가에서 봄 끝에서 초여름에
억새처럼 갈대처럼 무리 지어
띠꽃이 피어난다

바람 따라 흔들리며
물결치는 띠꽃이 아름답다

하얀 꽃으로 강바람에 흔들리는 모습이
반가움에 손을 흔드는 듯 정겹다

꽃이 한 무리가 되어 세상에 아름다운
꽃 띠를 둘러놓은 듯 멋지다

띠꽃이 필 수 있게 보듬어준
흙에게 보람을 느낄 것 같다

강물은 띠 꽃처럼
계절마다 바라보고 지켜주는
꽃이 있어 외롭지 않게 흘러간다

나도 날을 잡아 바람의 힘을 받아
강을 향하여 손을 흔들며
아쉽게 떠나가는 띠꽃을 보러
강가로 달려가야겠다

뚝새풀

물이 좋아서 물가에 자라나는
뚝새풀은 꽃과 꽃이삭이
긴 원기둥 모양을 하고 있다

잡초 같은 풀에서 잡초 같은
꽃이 피어나는 뚝새풀꽃이다

왠지 어디서나 쑥쑥 잘 자랄 것 같은
선머슴애 풀이름이 뚝새풀이다

야생화 중에 꽃이 예쁘지 않은
꽃 중에 하나가 뚝새풀인데
좀 더 아름다웠으면 좋았을 걸 아쉬움이 있다

뚝새풀이 있기에 다른 야생화가
더 돋보이게 아름다운 건 아닐까
왠지 가슴에 멍들어 피어나는 꽃 같다

세상에 멍들어 사는 사람들도 많고 많은데
가슴에 멍들어 피는 꽃이다

꽃이 아름답지 않더라도
억겁의 세월 속에 꽃 피는 보람이 있다

세상 이야기 다양하듯
야생화도 다양하다

구슬붕이

꽃을 보면 야생화가
아름답다는 것을 알 수 있다

물기 있는 양지바른 곳에서
잘 자라고 꽃을 피운다

종 모양 꽃이 열 개의 꽃잎 중에
다섯 개는 크고
다섯 개는 작게 꽃이 핀다

비가 내리고 눈이 쏟아지고
바람이 세차게 불어도
꽃 피우고 싶어 하는
열망을 지워버리지는 못한다

야생화를 보면
꽃 한 송이 꽃 한 송이
꽃 피는 순간이 얼마나 아름다운가

야생화를 보면
꽃 한 송이 한 송이가
탐스럽고 보기가 좋다

고운 꽃이 이슬에 젖고
바람에 흔들리고 비에 젖어도
꽃은 꽃대로 아름답게 피어나
꽃이 보고 싶어 그리움이 나를 이끈다

갈퀴덩굴

갈퀴덩굴은 어디서나 만날 수 있는 꽃이다
잎도 초록 꽃도 초록이라
꽃이 꽃답지 않은 풀꽃이다

들판에는 꽃이 피어도
꽃답지 않은 들풀들이 많이 있다

갈퀴덩굴 같은 풀들이 있기에
들판의 초록이 살아나는 것이다
땅에 풀이 하나도 없다면
얼마나 삭막하고 바라보기 싫을까

맑은 계곡물 흐르는
숲에 꽃이 있어 아름답다

풀의 줄기 속에는 꽃을 피우고 싶은
피가 세차게 돌고 돌아
바람에 흔들리는 풀잎들의 떨림 속에서도
꽃 피울 날 기다리며 날을 지새웠다

풀잎들의 못다 한 말 꽃으로 피워
세상에 알리고 전해주고 있다

꽃이 피면 나비가 찾고 벌이 찾고
사람이 찾아온다
산과 들에 아름다운 꽃이 피어
향기를 발하는데 어찌 찾아오지 않겠는가

선갈퀴

빙그르 돌려난 잎들 속에서
꽃이 피면 싱그럽고 앙증맞게
눈앞에 다가오는 꽃

꽃 밑에 잎들이 층층이 돌아가며
떠받치고 있는 모양이 신기하다

꽃받침을 딛고
청초하게 피어나 아름답고
꽃이 시들고 마르면 독특한
꽃향기가 퍼져나간다

선갈퀴꽃은 곧게 서서 자라는 데서
꽃 이름이 유래되었다고 한다

세월이 흘러가도
비바람이 불어왔다가도
모든 꽃이 꽃봉오리 찢고
피어나는 꽃이 얼마나 아름다운가

이 세상에
꽃 하나 피어나도 얼마나 달라지는가
꽃 하나 피어나도 얼마나 멋진 일인가

붉은 작약

붉은 작약이
풀숲을 붉게 수놓으며
아름답게 꽃 피어 초대하였다

아름답게 피어난 꽃이
눈길을 당기고 마음을 당기고
발걸음을 당겨 찾아오게 한다

꽃이 꽃밭을 이루며 피어나니
꽃이 주는 행복감에 가슴이 출렁거린다

붉은빛은 열정이기에
꽃이 황홀하도록 아름답다

푸른 하늘 아래 작약이
속속들이 붉은 꽃잎 날개를 펼치며
자랑하듯 뽐내듯 피어난다

너를 만난 것은 기쁨이다
꽃을 보면 꿈에 취한 듯
꽃길을 걸으며 추억을 만든다

백작약

사람이 아무도 없는 조용한 숲속에서
하얀 꽃이 고요히 얼굴을 내민다

하얀 꽃이 야생화의
아름다움과 멋짐을 보여준다

하얀 꽃이 한 겹으로 피는데
한순간에 피지 않고 서서히 피어난다

크기가 4~5센티미터로
피어나는 하얀 꽃이
예쁘고 예쁘고 또 예쁘게 피었다

백작약꽃은 여러 개의 수술과
붉은 암술대를 갖고 있는데
하얀 꽃잎이 열리면 붉은 암술
빛깔이 아름답다

야생화 중에 아름답기를
뽐내도 좋을 아름다운 꽃
백작약꽃은 사랑해 주고 싶은 꽃이다

정적 속에 큰 외침으로
야생화가 피어나는 숲이 아름답다

등대풀

초록 잎에 황록색 꽃이 핀다

꽃대 끝에 다섯 개의 잎이
마치 등대와 닮았다고
등대풀이라 불렸다고 한다

이 세상에 왔다가 사라지는 것들이
많고 많은데 얼마나
슬프고 비극적인 일인가

초록 잎 푸른 하늘 아래 펼칠 수 있고
꽃을 피울 수 있음이
얼마나 행복한 일인가

살아 있음으로 해마다 꽃 피울 수 있고
씨앗을 맺을 수 있으니
내일을 기약할 수 있는 것이다

야생화는 외로울 때면
풀벌레 소리에 위로를 받고
바람 소리에 위로를 받는다

등대풀꽃도 한 송이 한 송이
소중한 목숨처럼 피어난다

대극

봄에 바닷가 돌 많은 곳에서
모래땅에서 초록 잎에 황록색
꽃이 피어나니 생명력이 대단하다

이름 모를 풀 속에서
수없이 가슴앓이하며
살아남아 꽃을 피우고 씨를 맺는다

흘러가는 세월을 마다하고
묵묵히 자라나고 꽃 피우는 대극꽃이다

세상에 살아남기 위하여
온몸을 불살라 꽃으로 피는 것이다
세상을 향하여
"나 여기 있다!"고 외치는 것이다

한적한 곳에 인적이 드문 곳에
꽃이 피는 외로움이 있지만
함부로 꺾이지 않고
살아남는 것도 내일을 위한 일이다

야생화를 만나고 보는 것은
허탕을 치던 허무한 삶에 행운이다

씀바귀

갖가지 봄나물 중에 가장
쓴맛이 강한 것이 씀바귀다

씀바귀꽃은 황색이고
키가 어린아이 무릎까지 자란다

씀바귀 하면 쓰디쓴 나물이라는 말이
금방 머릿속에 떠오르듯
씹어도 씹어도 쓴맛이 남는다

쓴맛이 입맛을 돋우어
씀바귀 뿌리를 먹으면
뒷맛이 살고 식욕이 생겨
좋아하는 사람들이 많다

약용식물이라 소화 기능도 도와주고
마음도 안정시켜 주고
여름의 더위도 이기게 해주는 식품이다

씀바귀 뿌리는 겉절이도 하고
무쳐 먹기도 하고 물김치를 담그기도 한다

풀로는 높이가 큰 씀바귀는
쓴맛과 다르게 노란 꽃을 피운다

방가지똥

노란 꽃 흘러가는 세월 따라
일 년 내내 꽃을 피운다

다른 꽃들은 일 년에 단 한 번
혹은 두 번 피는 꽃도 있지만
사계절 꽃을 피우는 야생화다

마음을 단단히 먹었나 보다
이름은 방가지똥이지만
꽃을 일 년 내내 피워
관심을 받고 싶은 모양이다

외면받아도 방심하여도
숲속으로 숨어들어 가지 않고
들판 길가에서 마구 피어난다

누구든지 아무나 어서 와서
나를 보라고 나를 기억해 달라고
시도 때도 없이 꽃을 피운다

아무 관심 없는 곳에서
아무도 오지 않는 곳에서도
눈보라 비바람 거친 세월 마다하지 않고

일 년 내내 꽃 피며
찾아오는 이 반갑게 맞아준다

지칭개

국화꽃 풀로 세상에 흔한
풀꽃 중에 하나가 지칭개꽃이다

꽃을 언뜻 보면
엉겅퀴로 착각할 것 같다

하늘 높이 80센티미터까지 키가 자라
고개를 쑥 내밀고
힘차게 피어나
봄부터 초가을까지 꽃을 만날 수 있다

잊힐까 봐 외롭지 않으려고
사람들이 오가는 길가에서
지칭개꽃은 지치지 않고
수없이 피고 진다

꽃이 피면 잘라서 말려
썰어서 소염과 염증 치료
한약으로 사용하기도 한다

뿌리를 씻어서 날것으로
먹기도 하고 김치도 담그고
장아찌를 만들어 먹는다

엉겅퀴

한을 곧추세운 듯
피 흘리듯 섬찟하게 피어나
가시나무라고도 불린다

엉겅퀴라는 이름은
피를 엉기게 하는 효능을 갖고 있어
불리게 된 이름이다

한여름에 붉게 피어
논밭 길가 산에서 볼 수 있다

톱니와 가시가 있는
잎 속에서 꽃이 고개를 내밀고 나와
홍자색으로 붉게 피어나고
뿌리에서 나온 잎은
꽃이 필 때까지 남아 있다

엉겅퀴는 보릿고개 시절 어린순으로
나물을 해 먹고
한약으로는 이뇨제 지혈제로 혈증 질환과
각종 병에 효험이 있다

떡쑥

노란 알맹이처럼 다닥다닥 붙어 있는
작은 노란 꽃이 함께 모여 피는 떡쑥꽃

꽃 모양이 떡 같은데
떡을 할 때 넣어서
떡쑥이라 불렀다

버려진 듯 쓸쓸한 벌판에
애달픈 몸짓으로 피어나는 것이
야생화 떡쑥꽃이다

힘들게 견디며 시들고
풀이 죽어 있다가도
비 한바탕 시원하게 내리면
쑥쑥 잘도 자라는 떡쑥이다

해도 달도 별도 꽃을 보면
좋아하지 않을까
야생화를 보면 불어오던 바람도
고개 한번 돌려보고 떠날 것 같다

비가 내릴 때마다 풀잎이 자라고
쏟아지는 햇살 아래 꽃이 피고
아침마다 이슬에 목 축이며 열매를 맺는다

쑥

봄이 왔다 하면 나물 캐러 갈 때
쑥이 가장 먼저 생각날 정도로
친근한 야생화다

우리 곁에 늘 가까이 어디서나 쑥쑥 잘도 자라서
쑥이라고 불렀다고 한다

봄 들길을 걷다 보면 곳곳에서 만날 수 있어
봄이 왔다는 것을
실감 나게 하는 것이 바로 쑥이다

쑥은 온 세상에 봄이 왔다고
전해주는 봄의 전령사라고 한다

봄이면 쑥을 캐서 쑥떡을 해 먹고
쑥국을 끓여 먹고 여름에는 쑥불 피워
모기를 쫓기도 하고
쑥으로 환을 지어 한약으로 먹기도 하는
아주 유용한 자연의 선물이 쑥이다

사람들은 쑥을 잘 알지만
쑥꽃을 기억하는 사람은 많지 않다
쑥꽃은 담갈색으로 여름철에 핀다
만나러 들판으로 가야겠다

개망초

개망초는 살고 싶은
욕망이 차고 넘쳐 어디서나
뿌리를 내리고 살아남는다

길가에서도 둑 밭에서도
돌밭 어떤 거친 땅에서도
강한 생명력으로 자라나 꽃을 피운다

한여름에 태양의 뜨거움 속에
잎들이 몸살을 앓아도 하얀 꽃을
세상이 바라보란 듯이 피워낸다

줄기는 1미터 꽃 크기는 2센티미터로
털과 가시가 많은 풀이다

북아메리카에서
우리나라까지 찾아왔으니
끝까지 살아남아
개망초는 꽃 피우고 싶을 것이다

산길 들길 발자국 소리 들으며 걷다
주위를 살펴보면
야생화가 피어 있다

망초

야생화들은 자기 이름을 듣기가
쉽지 않을 것 같다
지나치는 무심 속에
유심히 살펴보아야 들어오는 꽃이다

멀리 떠나지도 못하고
빈터에서 텃밭에서 얼굴을 내밀고
키가 커서 망보듯 피어나는 꽃이 망초꽃이다

먼 나라에서 피던 꽃이
멀리 이 땅에까지 이민 온 것은
누가 보고파서였을까

꽃이 볼품도 없어
사람들의 관심도 눈길도
발길도 사로잡지 못하고 있다

한여름 태양이
뜨겁게 빛날 때 꽃이 피어난다

이름 모를 풀들 속에
이름도 알려지지 않은 꽃이 피니
관심을 받고 싶은 마음에 키만 커간다

쇠비름

길을 오가다 쉽게 만날 수 있는
쇠비름은 땅 위를 포복하듯
퍼져나가며 번식력이 매우 강해
어디서나 잘 자라는 풀이다

꽃은 노란색으로 피는데 그리 예쁘지 않아도
아주 섭섭하지 않게 바람도 찾아오고
아주 섭섭하지 않게 벌 나비 찾아오고
사람의 시선도 머물다 떠나간다

이름도 다양하게 갖고 있고
모양이 이빨을 닮았다고
마치현,마치채,말비름이라고 불리고
다섯 가지 색을 갖고 있어 오행초라고도 하고
돼지풀이라고도 불린다

서양에서는 샐러드를 할 때
다른 채소와 함께 넣어 먹고
우리나라에서는 나물로 먹는다

야생화는 다양하다
그래서 풀이고 야생화다

사상자

꽃은 향기롭다 꽃은 곱고 어여쁘다

꽃이 떨어질 때의 아쉬움을 접어두고
또다시 피어
만난 날을 고대하고 있다

꽃은 피었다 시들어도
절망하지 않고
다시 필 날을 기다린다

사상자는 뱀이 좋아하고
뱀이 사상자 아래 있기를 좋아한다

다섯 장의 작은 꽃잎들이
모여서 합창을 하듯이
밤이슬 아침 이슬에 입맞춤하고
꽃이 피어난다

중심에 흐르는 외로움을 뚫고
기다림을 뚫고 꽃이 피어난다

산에서 우연히 만난 풀꽃들
이름 없는 꽃인 줄 알았더니
이름이 다 있다

갯방풍

갯바람 부는 바닷가 모래땅에
무엇이 자라날까

우리나라 바닷가 모래땅에
바닷바람이 키를 키워놓은
꽃이 한 무더기씩 피어난다

모래사장을 기어가듯 자라나
꽃대 하나에 열 개도 넘는
꽃이 경쟁하듯 피어난다

나물로도 요리를 해 먹고
맛이 좋아 회를 먹을 때도
잎과 같이 먹는다

하얀 모래사장이 넓은
태안반도가 태어나고
자라고 꽃 피고 열매 맺는 고향이다

피막이풀

피막이풀은 이름처럼
몸에 상처가 났을 때
피를 멈추게 해주는 들풀이다

모진 바람이 불 때 잎들이
쓰러졌다 일어나
꽃이 피어 쓰임을 받는다

세상의 온갖 시련 이겨내고
세상의 온갖 희롱 이겨내고
길마다 들마다 산마다 꽃이 피어나니
걷기도 머물기도 심심하지 않다

풀들은 꽃 피우려고 겨울도 이겨내고
견디며 꽃을 피워 올리는
기쁨을 마음껏 누린다

비는 풀들에게 생기를 주고
꽃 피어날 힘과 용기를 준다

들판의 쓸쓸함 외로움
말끔하게 잊게 해주는 들꽃이 핀다

가락지나물

가락지나물 노란 꽃이
풀들 속에서 "나 여기 있어요!"
소리치듯 피어난다

노란 꽃 웃음 방긋방긋 웃으며
피어나 인사를 한다
"나 여기 있어요!" "나를 찾아오세요!"
들꽃들은 벌 나비 찾아오면 밝게 웃는다

아름다운 꽃 어여쁜 꽃
향기로운 꽃을 만나면
산길이든 들길이든 꽃을 보며
한동안 머물고 싶다

야생화를 만나고 떠나려면
헤어지는 아쉬움이 남는다
그 아쉬움이 싫어서 다시 만나고 싶다

야생화 그리워지면
꽃 이름 하나씩 불러본다

야생화가 꽃을 피운다는 것은
살아 있음을 증명하는 것이다
꽃이 핀다는 것은 내일을 기대하는 것이다

짚신나물

무더운 여름에 산이나 들에서
흔하게 만날 수 있는 짚신나물 줄기에
노란 꽃이 줄지어 피어난다

풀들의 하고 싶은 말이
꽃으로 피어난다
풀들은 외로워도 울지 않고
꽃으로 피워낸다

바람 불 때마다 들꽃이 피어난다
햇살을 받고 산 들에서 들꽃이 피어난다
노란 꽃 피어나
노란 꽃 웃음 향기 허공에 퍼져나간다

꽃향기를 맡으면 마음이 흔들린다
꽃향기를 맡으면 마음이 편안해진다

꽃향기 바람 불면 바람 따라 떠나지만
남아 있는 여운은
오래도록 추억이 된다

풀은 약해 보이지만 강해서
꽃을 피우고 씨를 남겨 다시 피어난다

딱지꽃

누가 딱지꽃이라 이름을 붙였을까
이리도 예쁜 노란 꽃을
마음대로 이름을 붙여놓았을까

꽃은 조그만 노란 꽃
하나하나가 예쁘고 예쁘다

꽃을 보고 있으면
꽃이 선물하는 마음의 울림이 있다
꽃을 보고 있으면 눈동자에
선물하는 어여쁨이 있다

꽃을 보고 있으면
마음에 잔잔히 흐르는
기쁨과 행복과 웃음을 선물해 준다

꽃 하나하나에 어여쁨이 있다
꽃 하나하나에 사랑이 있다
꽃 하나하나에 삶의 의미가 있다

꽃은 순수해서 그냥 좋고 마냥 좋아
눈 감으면 꽃이 보고 싶어
지금이라도 달려가 보고 싶다

오이풀

장미과에 속하는 오이풀은
잎을 자르면 오이 향이 난다고
오이풀이라고 부른다

짙은 붉은 꽃이 재미있게 피어나
들판을 흥겹게 만들어놓는다

들꽃들이 세상을 아름답게 만들고
즐겁고 행복한 시간을 만든다

꽃대는 길고
길게 돋은 꽃대 맨 위에
한 송이씩 검붉은 꽃이 피어난다

한 송이의 꽃에 여러 개의
작은 꽃이 소복하게 함께 핀다

풀꽃의 꿈은 관심을 받는 것
씨를 남겨 다시 피는 것이다

아름다운 꽃이 또다시 피고 싶어
꽃씨를 만들어 놓았다

기린초

여름이 시작되면
기린초가 꽃을 피우고
세상에 꽃 얼굴을 보여주기 시작한다

천년 세월 속에서도 언제나 단단하던 바위
찢어진 상처에서 자라나는 기린초

산지 바위틈 척박함 속에서도
제 모습을 당당하게
보여주며 피는 꽃이 아름답다

꽃 한 송이로 피어나기에는 외로운지
노란색 별 모양으로 여러 개의 꽃이
정답게 이야기를 나누듯이
옹기종기 모여 함께 피어난다

바위틈에서 여러 개의 꽃이 피어나도
멀리서 보면 하나의 꽃으로 보인다

산에 오르다 보면
바위틈에서 피어나
반갑게 맞아주는 기린초
산행이 지루하지 않게
눈 호강하게 해주어서 고맙다

토끼풀

우리나라 어디를 가나
만날 수 있는 토끼풀을 보면 늘 반갑다

한가로운 날은 네잎클로버를 찾으며
잎들을 하나하나
만나보는 재미도 있다

시간 가는 줄 모르고
네잎클로버를 찾다가 찾으면
기분이 좋아 소리라도 크게 지르고 싶고
나에게 행운이 찾아올 것 같다

네잎클로버를 책갈피에
소중하게 간직했다가
좋아하는 사람에게 주면 행복하다

여자아이들은 토끼풀꽃으로
반지를 만들어 서로 주고받으며
웃음꽃을 밝게 피웠다

하얀 토끼풀꽃은 어린 여름날
수많은 추억을 만들어주었다
토끼풀꽃의 하얀 웃음이 언제나 정겹다

붉은토끼풀

유럽에서 이민을 온 토끼풀은
먼 곳에서 왔어도
머나먼 타국에서 잘 정착하고 있다

붉은토끼풀 속에서 금방이라도
귀여운 토끼가 뛰어나올 것 같다

기분이 안 좋고 상해 있을 때도
붉은토끼풀을 보면 웃음이 나온다

오만 잡생각으로 고민하며
찡그렸던 얼굴도
꽃 웃음을 보면 따라 웃는다

꽃을 피우지 않았으면
쓸쓸했을 것이다
꽃을 바라볼수록 명랑하고 즐거워진다

꽃 없는 들판은 생각할 수 없다
꽃은 들판의 주인공이다

차풀

한 잔의 차가 되어주는 풀이 차풀이다

차풀을 햇볕에 말리면
마실 수 있는 차가 된다
땅을 뚫고 나와 자라서
꽃을 피우니 힘찬 기상이 대단하다

차풀로 만든 차를 마시며
차 한잔의 휴식과 낭만과
여유로움을 갖는 것도 좋다

풀들은 살아남는다
풀들은 살아서 살아서
살아남아서 꽃을 피운다

차풀은 살아남아서 꽃을 피우고
한 잔의 차가 된다

살면서 차 한잔의 여유를 가질 때
기쁘고 행복하다

야생화는 먼발치에서는 그리워지고
가까이 가면 더 보고 싶다

자귀풀

자귀풀은 연한 노란색으로
피는 꽃이 예쁘고
차로도 쓰이고
풀이 연할 때는 사료로도 쓴다

논둑 밭둑 방죽가를 걷다가도
쉽게 만나는 들풀이다
억센 바람에 흔들리다가도
견디고 견디며 꽃을 피운다

이 세상 어디에도
바람 불지 않는 곳은 없고
시련과 역경이 없는 곳은 없다

자귀풀 꽃말
"부드러움, 예민한 마음, 섬세함"처럼
꽃말 그대로 꽃이 핀다

아름다운 야생화를 보면
사랑하는 이를 만난듯
꽃 아가씨를 만난 듯 마음이 설렌다

아름다운 야생화는 동떨어진 곳에서
피어나도 사랑을 듬뿍 많이 받는다

활나물

활나물은 한해살이풀이다

자귀풀과 꽃 모양이 비슷하지만
털이 많은 풀이다

풀 전체에 갈색 긴 털이 있고
보라색 꽃이 피어난다

비가 내리고 나면
맑게 갠 하늘 아래 꽃이 아름답다
꽃이 아름다우니
꽃을 찾고 만나고 사랑한다

꽃을 보면 마음이 즐거워지는데
어찌하는가
꽃을 보면 마음이 기뻐지는데
어찌하는가
꽃을 보면 마음이 행복해지는데
어찌하는가

꽃이 피면 눈길이 머문다
꽃이 피면 발길이 찾는다
꽃이 피면 향기가 코끝에 다가온다

칡

우리나라 산 곳곳에서
만날 수 있는 것이 칡이다
넝쿨과 잎만 보아도
금방 칡이라는 것을 알 수 있다

밸이 꼴렸나
넝쿨이 어디든지 휘감고 올라가
붉은색으로 한여름에 꽃 피어난다

무슨 원한이 많은지
20미터 이상 어디든 넝쿨로
기어 올라가 살아남기를 원한다

가난했던 시절 먹을 것을 찾아
산을 헤매며 칡을 캐어
물어뜯듯 먹던 생각이 난다

뿌리는 사람들의 건강에
아주 좋은 선물이 된다
녹말이 많아 칡차 칡즙 등 식용으로
약용으로 널리 쓰임을 받는다

칡은 아무리 얽매여도
살아남기를 원한다

매듭풀

매듭풀꽃은 1밀리라 너무 작아
보일 듯 말 듯 피어나
붉은색 도는 연분홍색 꽃은
수줍은 듯 귀엽다

꽃 피어나기가 그리도 힘들었을까
꽃 피어나기가 그리도 어려웠을까

한 해를 살다가 씨를 남기고
떠나는데 잠시 동안 세상에 살면서
꽃 피우기가 그리도 어려웠을까
줄기가 매듭진 모습으로
보여 매듭풀인가 보다

들풀이 꽃 피는 시간
풀들이 꽃 피는 장면을 만들기 위해
땅에서 자라나 꽃을 피운다

꽃이 작아도 고운 꽃 예쁜 꽃 보고 싶어서
더 관심이 간다

바람이 시퍼런 날을 세워도
꽃은 살아남아서
씨를 남기고 꽃이 떨어진다

비수리

하얀 꽃이 꽃대에 줄지어 피어나는
비수리꽃

농촌에서는 빗자루를 만드는 데 쓰기도 하고
잘 심어놓으면 산사태를 막아주기도 하니
풀의 힘은 위대하다

특유의 향기가 독해
뱀, 개구리, 곤충이 찾아오지 않는다

꽃은 피고 꽃은 지며
그들만의 지경을 넓혀가고
또다시 살아남아 꽃을 피운다

풀덤불 속에서
비수리는 꽃을 피워
아름다운 순간을 만들고 진다

꽃은 시들이 떨어질 때까지
향기를 내뿜는다

꽃을 보면 상처 난 마음도
위로를 받고 달랠 수 있다

꽃이 피지 않았다면
너를 만날 수 있었을까
꽃이 피지 않았다면
너를 보고 기억할 수 있었을까

괭이밥

우리가 들에서 자주 볼 수 있는
풀이 괭이밥이다

열매를 고양이가
좋아하고 잘 먹어서
고양이 밥이라고 부른다

노란 꽃 피우는데
꽃 피는 기간이 길다
꽃 피어서 누군가 찾아오기를
기다리는 모양이다

삶이 힘들고 지칠 때 들꽃을 보면
친근감에 다가가고 싶어지고
살아갈 힘이 생긴다

사람도 살아가면서
꽃 한번 피우지 못하고
떠나는 사람이 얼마나 많은가

이 세상에서 괭이밥이 자라서
꽃이 피는 순간이 있음은
놀라운 삶의 축복이다

명아주

명아주 하면 가난했던 시절이
먼저 생각나는 나물이다

먹을 것 부족했던 보릿고개 시절
나물을 찾아 많이 다녔다

지금 시대는 명아주가
나물인지도 모르는 것 같다

명아주는 가난했던 시절
늘 식탁에 함께하던 나물이다

명아주가 크게 자라면
지팡이를 만들 수 있다니
많이도 크게 자라는 모양이다

풀이 지팡이가 되고 나물이 되다니
자연의 신비 들풀의 신비를 느낀다

막막한 세상에
삭막한 세상에 네가 꽃 피어
소소한 행복을 느끼며 살아간다

주름잎

땅에 풀이 자라나지 않는다면
땅에 꽃이 없다면 얼마나 삭막할까

잡초인데 작은 꽃이
예쁘고 앙증맞게 아름답다

어디서나 만날 수 있는 꽃이라
때로는 보도블록 사이에도
자라나 꽃이 피어난다

일년생이라 일 년만 살고 죽어도
아름다운 꽃이 피니 살 만하다

잎자루가 푸른 하늘을 향하여 자라면서
짧아지면서 주름이 생긴다고 해서
주름잎이라고 불린다

서로 마주 달리는데
마치 달걀을 거꾸로 세운 모습으로
긴 동그라미 주걱에 잎가에는
둔한 톱니형 잎으로
자주색 꽃을 피운다

꽃은 작지만
보면 앙증맞고 아름다운 꽃이라
오래도록 머릿속에 남아 있을 것이다

메꽃

나팔꽃 같은 메꽃이
논길 밭길 길가 빈터에서
한여름 태양의 열기 속에서 피어난다

푸른 하늘 아래 보란 듯이
덩굴마다 피어나는
메꽃이 보기에 참 좋다

어떤 물감이
꽃보다 아름다울까
바라보기에도 아름답게 피는 꽃이
참 기분 좋게 피어난다

꽃의 사연이 꽃들의 말이 모여
곳곳에서 꽃이 피어난다

꽃들의 다정한 눈빛이
걸음을 멈추고 보게 만든다
꽃들의 향기가
가던 길 멈추고 서 있게 만든다

꽃이 피어남은 꺼질 줄 모르는
생명의 위대함이다

석잠풀

꽃이 보기에 아주 좋은
석잠풀 시 한 편으로 피어났다

땅속 덩이줄기가 단단하고
누에나 번데기를 닮았다고 해서
석장풀이라 불린다

들풀이라고 아무렇게나 아무 자리에서
제멋대로 자라고 꽃피는 것은 아니다
들풀도 사는 곳이 있고 자라고
꽃이 피어나는 시기와 때도 있다

풀이 풀답고
야생화가 야생화다운 것은
꽃을 피우는 것이다

아무도 알아주지 않는 슬픈 사랑에
꽃봉오리 벙글어
꽃 피어나는 순간을 얼마나 고대하고
기다리며 살아왔을까

석잠풀도 꽃 피어야
세상이란 무대에 얼굴을 내미는 것이다

익모초

야생화라고 쓸쓸함만 뱉어내는 것은 아니다
들꽃이라고 외로움만 내보내는 것은 아니다

익모초도 자라는 이유가 있고
꽃 피어나는 이유가 있다

익모초 잎은 더위를 먹었을 때 한약으로
식욕이 없을 때는 식용으로 쓰이는
친숙한 야생화다
이 세상에 필요 없는 풀은 하나도 없다

들풀이라고 함부로 다루지 말고
멋대로 무시하지 마라
당신도 누군가 무시하고 미워하면
얼마나 화가 나는가

햇살 좋은 날 야생화는 아름답게 보인다
야생화 웃음에서 삶의 존재 의미
살아감의 의미를 찾을 수 있다

흘러가고 떠나가는 세상에서
잠시라도 꽃으로 필 수 있음은
얼마나 멋지고 신나는 일인가

익모초 잎도 꽃도
최고의 걸작품이다

박하

박하는 꽃말 "순수한 마음"처럼
순수한 마음으로 찾아온다

살아 있는 생생한 향을 선물해 주는
꽃이 피어 향기를 날린다

꽃의 요정처럼 흔들고 문지르면
박하 향기가 코끝에 다가와
온몸을 파고들어 청량감을 쏟아놓는다

향기를 맡으면
잠시나마 시름과 걱정이 날아간다

나로 인해 누군가 행복할 수 있다면
참으로 의미가 있고 좋은 일이다
나로 인해 누군가 행복하고
기뻐할 수 있다면 정말 신나는 일이다

허브가 있는 음식
향기로움 속에 삶의 행복과
기쁨을 만끽한다

꽃 피고 허브 향으로 쓰이니
얼마나 멋진 삶인가

마편초

마편초가 병과 찾아오는 불행을
막아주는 약초라니 신기하다
연보라색 꽃을 꽃대에 꽂은 듯 피어난다

아시아 아프리카 유럽까지
자유롭게 떠돌아다니며 꽃을 피운다
세상에 허탕 치고 살아가는 사람도 많은데
야생화는 꽃 피었을 때 가장 예쁘다

꽃은 마음이고
꽃은 표정이고
꽃은 진심이고
꽃은 생명이며 희망이다

마편초 꽃말
"당신의 소망이 이루어지기를 바란다"처럼
소망이 이루어졌으면 참 좋겠다

안개는 얼굴도 발자국도 없이
훌쩍 떠나고 사라지는데
야생화는 머물며 꽃 피어 얼굴을 보여준다

질경이

길에서 산에서
숲 어디서나 볼 수 있고
만날 수 있는 흔하디흔한 풀이다

짓밟힘과 무관심에 피맺히게 서러워
어떻게 하든 어떻게 해서든
살아남고 싶은 마음이 가득해
풀이 자라고 꽃 피어남이 대단하다

이런 전설이 있다
"가뭄에 시달린 병사와 말이 요독증으로
죽게 되었을 때 마차 앞의 풀을 먹고
원기를 회복하였다."

보란 듯이 땅에 펼쳐진 풀잎도
황록색 꽃도 예쁘지 않아
사랑을 받지 못하지만 식용으로
약재로는 아주 유용한 풀이다

질경이잎은 살짝 삶아서
나물로 무쳐 먹고 잎은
씨앗도 잘 말려서
암세포를 억제하는 약재로 쓴다

이 세상에 있는 것들은 모두 다 소중하다
쓸모없는 것은 악과 죄뿐이다

여뀌

야생화도 다양하게 꽃이 피지만
여뀌는 붉은 꽃이 핀다

꽃들도 모양과 생김새가 다른데
아름다운 꽃 못생긴 꽃
키가 큰 풀 키가 작은 풀
꽃이 큰 꽃 작은 꽃
참으로 종류가 다양하다

여뀌는 꽃과 잎 그리고 열매를
씹으면 매운맛이 나는 것이 독특하다

꽃이 피는 순간이
가장 아름다운 순간이다

아름다운 꽃이 피어
아름다운 세상과 아름다운 삶이
이루어지기를 바라는 마음뿐이다

달이 떠도 별이 떠도
해가 떠도
꽃이 필 때가 가장 아름답다

삼백초

볼 기회 좀처럼 찾아오지 않는
멸종 위기 희귀종 꽃이 삼백초다

물을 좋아하는 야생화라
습지나 물가에서 자라고 꽃이 핀다

삼백초는 참 희귀하게
꽃도 하얗게 피고
잎도 하얗게 변하기도 하고
뿌리도 하얀색이라
삼백초라는 이름으로 부른다고 한다

하얀색을 얼마나 좋아하면
꽃도 잎도 뿌리도 하얀색일까

하얀색은 순결하다
하얀색은 깨끗하다
하얀색은 맑다

이 세상에 참으로 다양한 꽃들이
다양한 색깔로 피어난다
야생화도 다양하게 피어
꽃마다 아름답고 신비롭다

문주란

문주란은 무슨 죄를 지어
유배를 당했나
제주도 토끼섬에서 해안가와
모래에서 자라고 꽃을 피운다

우리나라 다른 곳에서는 볼 수 없는
특이하고 귀한 야생화다

하늘로 향한 긴 꽃대에서
피어나는 하얀 꽃이
분명하게 난꽃임을 보여준다

왜 토끼섬에서만 자랄까
신비한 일이다

섬에 꽃 피어 하얗게 덮이면
섬이 토끼처럼 보여서
토끼섬이라 부른다고 한다

문주란꽃은 섬에서 피어나
누구를 기다리고 있을까

원추리

들꽃 중에 꽃도 화려하고
나물로도 유명해 이름이 널리 알려진
야생화가 원추리다

싹이 널리 퍼지는 모양을 갖고 있다고
훤초라고 하고
꽃봉오리가 남자의 고추를 닮았다고
의남초라고 부르기도 하고
꽃을 보고 있으면 근심이 사라진다고
망우초라고 부른다

원추리꽃은 6월부터 8월사이
단 하루만 피어나는데
등황색 꽃이 하루 동안이지만
아름답게 피었다 진다

원추리는 꽃줄기가
50~100센티미터로 곧게 자라
꽃잎이 짙은 노란색으로
6~8개의 나팔 모양으로
옆을 보듯이 피어난다

원추리는 이름도 널리 알려져
친근감이 있고 꽃도 아름답다

무릇

높은 꽃대 위에서
담자색 무릇꽃이 피어난다

하늘을 향하여 쭉 뻗은 꽃대에서
보란 듯이 무릇꽃이 피어난다

무릇꽃은 낮은 곳보다
높은 곳에서
세상을 보고 싶었나 보다

세월이 흘러가도
또 다른 세월이 찾아와도
꽃은 피고 향기를 내뿜는다

꽃이 피지 않는다면
벌과 나비는 어디로
꿀을 찾아다닐 것인가

꽃이 피지 않는다면
꽃이 주는 기쁨과 감동을
어디에서 찾겠는가

꽃이 없는 세상은 상상할 수 없다

참나리

야생화 중에 나리꽃은
300여 종이라고 하니 참 많기도 하다

참나리꽃은 꽃말이 "순결"
"깨끗한 마음"이다

참나리꽃은 나리꽃들 중에서
가장 많이 사랑을 받는 아름다운 꽃이다

야생미가 넘쳐
산과 들에서도 잘 자라고
꽃이 아름답고 키가 크게 자라
정원에서도 키우는 꽃이 되었다

백합과에 속하며
태양의 열기가 뜨거운 한여름에도
더위에 강한 꽃으로
여름철에 볼 수 있는 꽃이다

솔나물

솔나물은
흰 꽃이 피면 흰솔나물
노란 꽃이 피면 개솔나물
잎에 털이 많으면 털잎솔나물
털이 있는 것은 흰털솔나물로 불린다

하얀색과 노란색 꽃이 핀다
잎이 소나무 잎처럼
뾰족하다고 솔나물이라고 한다

언제 등산을 하고
한라산에 올라갔는지
정상에서도 볼 수 있다

숲에 어둠을 데리고 올 때도
햇살이 어둠을 몰아낼 때도
가만히 기다리고 앉아 꽃 피울 날을 꿈꾸며
희망의 끈을 놓지 않는다

풀잎의 고독 하나 꽃으로 피어나고
풀잎들의 간절함이 꽃으로 피어난다

꼭두서니

꼭두서니는 숲 가장자리나
전국 어디서든지 살펴보면 쉽게
만나는 우리 곁에 늘 있는 꽃이다

꼭두색 옷감을 물들이는 재료를 만들었다고
꼭두서니라는 이름을 갖게 되었다

꼭두서니는 1미터 정도로 자라고
줄기가 네모지고
가시가 있고 속은 비었다

잎은 잎자루가 길고 네장씩 돌려나며
사랑을 하고 싶은지
하트 모양을 보여주고 있다

이름 없는 시인의 순수하고
맑은 시처럼 풀숲에서
아주 작은 꽃이 하얗게 노랗게 꽃이 피는데
검은색 씨앗이 익는다

뿌리는 붉은 염료와 한약으로도 쓰인다

계요등

계요등은 꼭두서닛과 풀이고
길이가 길게 뻗어나가는 넝쿨식물로
야생화 중에서 폭넓게 자라는 풀이다

꽃대 끝에 아주 작은
등을 닮은 여러 개의 꽃을
같이 피워내는 꽃이다

왜 닭 오줌 냄새가 나서
꽃 이름이 계요등이 되었을까

그 많은 향기와 냄새 중에서
하필이면 닭 오줌 냄새가 날까

산이나 강가 바닷가를 걷다 보면
볼 수 있는 야생화로
하얀색과 보라색 꽃을 피운다

눈보라 치는 겨울에도 줄기 위만 죽고
밑동은 살아남아
봄에 다시 싹이 트고 자라나고
개미들이 꿀을 좋아하는지
자주 들락거린다

꽃 속에 솜털이 돋아 있어
신기하고 궁금해 눈길이 더 가는 꽃이다

박주가리

한번 싹이 나오면
여러 해를 살 수 있는 들풀이다
꽃이 별 모양이고 꽃이 뒤로 말리고
털이 나는 독특한 꽃이다

야생화는 설렘을 준다
어떤 꽃일까
궁금증이 풀릴 때 꽃의 아름다움에
홀딱 빠져 때로는 무릎을 꿇고 볼 때도 있다

야생화는 고귀하다는 생각이 든다
자연의 보물이라는 마음이 든다

이름도 모르는 풀이라
관심도 없다 함부로 말하지 말라
우리가 만나는 사람들 중에
이름 알고 사는 사람이 얼마나 되는가

작은 꽃도 아끼며 사랑하며 바라보자
작은 꽃도 소중하게 마음을 주며 바라보자

박주가리 꽃말은 "먼 여행"이다
가을부터 겨울에 열매가 쪼개져 털에 씨가
붙어서 먼 여행을 떠난다

어리연

물 위에 떠오른 잎새 위에서
어리연꽃이 피어난다

넓은 잎이 물 위로 받쳐주고
꽃 피울 날이 찾아오면 어김없이
하얀 꽃이 피어난다

혼자는 외로울까 봐
혼자는 고독할까 봐
연못에 함께 모여 살면서 꽃 피운다

어리연꽃은 꽃관이 하얗고
가장자리에 하얀 털이 나 있어
보기에도 독특한 꽃이다

풀풀 눈 내리고 연못이 꽁꽁 얼던
겨울도 이겨내고 사납게 몰아치는
장대비 모진 바람 이겨내고
오직 꽃 피우는 꿈을 이루어내기 위하여
꽃으로 피어난다

치밀한 아름다움으로 어리연꽃 피어
세상에 희망의 편지를 보내고 있다
나도 꽃피고 싶다

마타리

마타리꽃은 꽃도 예쁘고
꽃 이름도 독특하게 예쁘다

꽃 이름은 꽃의 줄기가 가늘고
키가 크고 잘생긴 말을 닮았다고 해서
붙여졌다고 한다

꽃 이름만으로도
아주 예쁜 미인 같다는 생각이 든다

꽃도 꽃대도
노란색을 세상에 선보인다

마타리 꽃은
햇볕에 젖어
달빛에 젖어
이슬에 젖어 한여름 무더위를 마다하고
그리움으로 노란 꽃이 피어난다

노란 꽃 작은 꽃이
풀 나무 위에 수많은 잎처럼
피어나는 것이 볼수록 아름답다

꽃향기 뿜으며
우뚝 서 있는 모습을 보면
사랑하고 싶은 마음이 생겨난다

아름다운 꽃을 보면
눈이 빛나고 마음이 행복해진다

뚝갈

마타리꽃과 비슷한 뚝갈꽃
마타리는 노란 꽃이 피고
뚝갈은 하얀 꽃이 핀다

꽃부리가 종 모양을 하고
꽃 끝이 다섯개로 갈라지고
네개의 수술과 한개의 암술이 함께 핀다

7~8월에 하얀 꽃 피어나면
벌과 나비들이 찾아들어
달콤한 꿀맛을 보고 날아간다

들판에 꽃이 피지 않았으면
얼마나 시들했을까

들판에 꽃이 피지 않았으면
얼마나 초라했을까

들판이 꽃이 피지 않았으면
얼마나 무덤덤했을까

풀숲에 하얀 꽃이 피면
분위기가 달라지고
풀숲의 풍경이 아름다워진다

잔대

잔대꽃은 우리나라
토종 야생화다

나물 캐러 다닐 때
산에서 더덕보다 맛있는
잔대를 만나는 것은 반가운 일이다

아주 오랜 옛날부터
삼 종류 중 하나로
산삼, 현삼, 고삼, 단삼과 함께
한약재로 쓰여왔다

풀인데도 수백 년 동안 살기도 한다니
약재로 쓰일 만하다

뿌리는 도라지 닮은꼴로
희고 굵어
더덕처럼 요리해 먹으면
그 맛이 먹을수록 당기고 좋다

여름에 초롱처럼 피어나는
청자색 꽃이 예쁘다

마름

호수와 연못에서 만날 수 있는
꽃이 마름꽃이다

진흙을 뚫고 나온 줄기가
물 위에까지 자라고
줄기 끝에 자라난 잎들 속에
마름 하얀 꽃이 한여름에 피어난다

물 위에 피어난 하얀 꽃이니
눈길이 가고 관심을 받고
색다른 느낌으로 다가온다

마름은 호수와 연못의 손님인 줄 알았더니
주인이 되어 왕성하게 자라
호수를 덮는다

지나고 보면 꽃이 피는 순간은
잠깐이지만 아름다움은
오랫동안 지워지지 않고 여운을 남긴다

아름다운 꽃을 본 것이
누구에게는 추억이 되고
누구에게는 그리움으로 남는다

부처꽃

붉은 부처꽃이
기다란 꽃대에 작은 연등처럼
차곡차곡 피어난다

들판에서 외로울 때마다
불공을 얼마나 드렸으면
부처꽃이 되었을까

꽃이 마음에
불심이 얼마나 많고 많으면
부처꽃이 되었을까

야생화의 세계는 알면 알수록
다양하고 다채롭다

비바람 속에서도
잔잔한 미소로 피어나는
부처꽃은 꽃대로 아름답다

풀거북꼬리

어쩌다 어쩌다가
꽃다운 꽃이 되어 피지도 못하는가
어쩌다 꼬리도 못 되고
끈이 되어 꽃이라고 피었는가

척박한 땅에서 초라한 모습으로
피어나는 풀거북꼬리꽃은
끈 모양의 붉은빛 띠는 꽃이 핀다

얼마나 꽃이 되고 싶었으면
끈이 환생하여 꽃으로 피었을까

풀거북꼬리야
다시 환생하여
아름답고 어여쁜 꽃이 되어 피어나라
꽃 이름도 다시 짓고 아름답게 피어라

누가 너를 꽃이라 부르겠느냐
누가 너를 꽃이라고 찾겠느냐

아무리 무시하려 해도
악착같이 피어나는 꽃은 꽃이니
꽃으로 인정해 주어야겠다

달맞이꽃

달이 보고 싶어
달빛을 받고 싶어 피는 꽃
먼 나라
남아메리카에서 찾아온 꽃이다

한겨울 세상이 꽁꽁 얼어도
눈보라가 몰아쳐도
풀잎이 죽지 않고
꿋꿋하게 살아남아 봄을 기다린다

얼음 추위 속에서도
붉은 피 도는 풀잎으로
밤낮으로 깨어 꽃 피울 날을 기다리며
곳곳에서 살아남아 자리를 지킨다

우리나라 곳곳 산과 들과 둑
길가에서 쉽게 만날 수 있는 노란 꽃이다

저녁이면 달을 맞이하듯 노랗게 피었다가
아침에는 붉은빛을 띠며 지는
어렴풋한 사랑을 기다리는 달맞이꽃이다

바늘꽃

가을에는 잎이 단풍 드는 바늘꽃
큰 잎 위에 작은 보라색 꽃이 핀다

이 삭막한 세상을 살기 위하여
풀꽃이라도 얼마나 노심초사하며
견디며 꽃을 피워낼까

세월이 버린 듯해도
바람이 버린 듯해도
시선이 버린 듯해도
머리를 쳐들고 얼굴을 보이며 피어난다

바람이 불어 아득한 그리움을
몰고 오는 날에도
들판에서 꽃 피어나 웃고 있다

누가 보든 안 보든 꽃 웃음을 웃고 있다
이 세상 어디에나
어느 곳에나 꽃 피기를 원한다

꽃들의 말소리 들리지 않지만
가슴에 큰 울림으로 다가온다

꽃은 작아도 풀잎의 마음은
커다랗게 타올라 꽃씨를 만들어
다시 피어나기를 고대한다

우산나물

우산나물은 산 아래로부터
높은 산에까지
숲 그늘과 나무 밑에서 많이
자생하는 야생화다

봄에 나오는 잎이
마치 우산 모양으로 퍼져서 나온다고
우산나물이라고 한다

우산나물이라 하지만
비 오는 날 우산으로 썼다가는
비를 다 맞을 정도로 잎이 작다

어린잎은 식용으로도 사용하는데
우리나라 전국에서 피어나는
야생화로 사람들이 이름도 기억하지
못하는 야생화 중 하나다

쭉 뻗은 꽃대에
여러 개의 꽃이 피는데 예쁘지 않아
모르는 사람이 많을 것 같다

쇠서나물

쇠서나물 노란 꽃이
꼿꼿하게 당당하게 피어난다

쇠서나물은 잎에 난 털이
소 혀의 깔깔함을 닮았다고
쇠서나물이라 불린다고 한다

꽃이 얼마나 애증이 많으면
노란 꽃으로 피어날까

소멸되지 않고
잊을 수 없는 아픔이
스며들어 꽃이 되어 피어난다

이 세상의 모든 꽃들은 그리도
곱게 아름답게 피는가

바람이 불어도 비가 내려도
모든 걸 마다하지 않고
그리도 곱게 피는가

푸른 하늘에서 비치는
햇살 좋은 날에
그리도 곱게 피는가

곤달비

곤달비 노란 꽃을 보면
한여름 무더위도 잠시 사라질 것 같다

성질이 급한지
위에 꽃이 피면
벌써 아래 꽃은 시들고 만다

까치발을 들고 서 있는지
멀리서도 눈에 잘 띄는 야생화다

세상의 꽃은 그 어떤 꽃도
추하지 않고 가치가 있고
아름답고 존재의 이유가 있다

긴 꽃대가 흔들려도
꽃이 피어 향기를 날린다

세상은 잠시도 머물지 않고
연속적으로 움직이고 있지만
야생화는 꽃 피울 시기를 잊지 않고
이 세상 곳곳에서 피어난다

고들빼기

고들빼기는 나물로 유명하다
봄의 맛을 선물하는 나물이다

쌉쌀한 맛이 입맛을 내주어
봄에 막 나온 싹이
부드러워 초무침으로
무쳐도 먹고 김치도 담가 먹는다

가을에 피어나는 야생화 고들빼기는
파란 하늘에 노란 꽃이 잘 드러난다

꽃은 노란 꽃이
꽃잎이 스무개 정도로 피어난다
꽃잎도 노랗고 꽃술도 노란색이라
노란색이 주는 정겨움으로
꽃을 만날 수 있다

날씨가 흐리거나 비가 오면
꽃이 피지 않고
햇살이 밝은 날 꽃이 핀다

올가을에는 고들빼기꽃을
보러 가야겠다

미역취

늦가을이 떠나려고 단풍 들었던
낙엽이 질 때
한 뭉치씩 미역취 노란 꽃이 핀다

단풍 든 가을 산에
단풍처럼 노란색을 더하여
가을 풍경을 만든다

가을이 떠나는 길목에 찾아오는
늦가을 손님이다

곧 춥고 눈 내리는
겨울이 찾아올 텐데
계절의 끝에서 꽃이 피어
야생화의 아름다움을 보여준다

미역취는 어디서 떠돌다
이곳에 정착하여 꽃을 피웠을까

가을에 만나는 노란 꽃이
내 마음에 와닿는다

야생화를 만나면 그냥 돌아올 수 없어

자꾸만 눈길이 꽃으로 다가간다
언제 다시 만날 기약이 없어
자꾸만 뒤돌아서서 꽃을 보게 된다

단풍취

산 깊은 골짜기에서
흐르는 물소리 들으며
보란 듯이 피어나는 단풍취는
꽃이 멋지다

꽃이 한 줄기에 모여 피고
꽃이 수줍은 듯 옆을 보며 피어난다

단풍취는 보면
세상에 이런 야릇한 꽃도 있구나
신기해 탄성을 지를 것이다

그리움이 가득한 꽃이다
목마름이 가득한 꽃이다

단풍취는 누가 만들어 붙여놓은 듯
벌레 같기도 하고
곤충 같기도 하고
요술을 부리는 것 같다

야생화가 숲길 들길에
꽃 피워 그려놓은 풍경이 아름답다

개미취

꽃 이름보다 꽃말이 아름다운 개미취꽃이다

꽃말은 "너를 잊지 않으리라, 먼 곳을 그리워하다,
추억, 이별, 기억"이다

그리움이 가득한 풀이라
그런지 키가 크게 자라니
먼 곳을 바라볼 수 있다

얼마나 사무치는 그리움이 있으면
보라색 꽃이 무리 지어 피어난다

살아남고 싶은 갈망이 대단해
추위도 더위도 습기도 잘 이겨내고
모래에 꽂아놓아도
살아남아 꽃을 피운다

꽃대에 개미처럼 생긴 털이 있고
개미와 취나물을 합쳐서 붙여진
이름이라고 한다

개미취 어린잎은 나물로 먹고
약용으로 쓰이는
보라색 꽃이 어여쁜 야생화다

삽주

국화과 삽주는 가을에 피는
가을 야생화다

봄여름에 꽃이 피는 야생화는 많지만
가을에 피는 야생화는
그리 많지가 않다

산속에서 만나는 삽주는
함초롬히 피어나는 꽃이다

사람들이 탐을 내어 점점 수가
줄어들어 안타까움이 가득하다

꽃은 몽우리 때부터 아름답기 시작하여
꽃이 활짝 필 때 가장 아름답다

흙 속에 발을 묻고
꽃 피울 날을 위하여
발돋움하며 아름다운 꽃을 피워놓는다

한적한 곳에서
외로운 곳에서
쓸쓸한 곳에서
꽃 피는 운명인가 보다

도라지

이름만 들어도
누구나 알고 있는 유명세가 있는 꽃이다

도라지는 밭에서도 많이 재배해
야생화라고 하면
웃는 사람도 있다

하얀 꽃과 보라색 꽃이
아름답고 예쁘게 피는데
여러해살이라
두고두고 볼 수 있는 꽃이다

우리나라 어디서나
한여름에 보란 듯이 피어나는
보면 볼수록 정이 드는 꽃이다

노래로도 많이 불러 잊을 수 없는 꽃이고
맛이 좋고 향이 좋고
신경통과 편도선염에 아주 좋은 약재로
사람들에게 사랑을 많이 받는다

모싯대

산길을 마음 편하게 걷다 보면
숲길에서 가까이 만날 수 있는 꽃

꽃자루 긴 모양이 아름다워
사진을 찍어서 보면
훨씬 꽃이 살아나 더 아름답다

꽃잎이
다섯 갈래로 갈라져
종 모양 같아 아름답다

외진 곳에서 바람에 세월에
시달리며 꽃 피워도 어여쁘다

숲길에서 하얀 꽃이
종 모양으로 피어나
종소리를 울릴 것 같은데
언제나 들을 수 있을까

풀잎이 바람에 흔들리면
꽃도 흔들리며 향기를 날린다

더덕

우리가 너무나 잘 알고
익숙하면서도 맛있는 음식 더덕은
향기가 좋고 맛깔이 난다

산행을 하다 보면
더덕의 진한 향기가
코끝에 다가와 향기 따라 걸어가면
더덕을 만난다

숲이나 계곡에서 줄기가
2미터 정도로 자라
보라색 무늬 방울꽃 모양의
꽃을 예쁘게 피운다

더덕은 밭에서도 기르고
수확하여 요리를 해 먹으면
맛이 좋은 음식으로
사람들의 사랑을 받는다

잘 굽고 나물로 무친
더덕만 있어도 밥 한 그릇은
금방 맛있게 뚝딱하고 비워진다

고마리

그늘이 싫고 양지바른 곳이 좋아
햇살이 비치는 양지 따라
피어나는 야생화 고마리

이름도 모르고
강변을 걷다가 만나고
냇가 개울가에서 무심하게
바라보다가 지나쳐 버린 적이 많았다

양지를 좋아하듯
태양 빛이 뜨겁고 강렬한 8월 9월에
꽃을 피운다

백색 바탕에 꽃이
흰색과 홍색으로 가지 끝에
10개 20개 뭉쳐서 피지만
크기는 크지가 않다

이제부터라도
강가 개울가 냇가에서
꽃이 핀 고마리를 보면
이름 부르며
반갑다고 인사를 해야겠다

강아지풀

강아지풀을 만나면 기분이 좋다

뿌리에서 여러 개의 줄기가 나와
줄기 끝에 꽃이 핀다

꽃은 만지면
감촉이 강아지 꼬리 같아
아이들은 만지기를 좋아했다

꽃을 보면 옛 추억 속
어린 시절로 돌아가고 싶다

친구들과 강아지풀꽃을 갖고
장난치며 떠들던 생각이 난다

강아지풀꽃을 친구의 등에 넣고
비비면 놀라서 도망치던 생각이 난다

강아지풀을 들길에서 만나면
반갑다고 바람결에 꽃을 흔든다

이질풀

이질풀은 이름처럼
이질에 걸리면 약으로 쓰였는데
하얀 꽃이 핀다

풀들은 깊은 밤에도
내일 꽃 피울 것을 잊지 않는다
풀잎이 살아서 꽃잎이 살아서 마음을 전한다

세상의 모든 꽃은
꽃잎마다 향기가 깃들어 있다
꽃잎마다 아름다움이 깃들어 있다
꽃잎마다 사랑과 희망이 깃들어 있다

복잡한 세상살이 잠시 떠나면
산에 가도 꽃이 있고 들에 가도 꽃이 있고
강가에 길가에 가도 꽃이 있다

기대하지 않고 걷다가
꽃을 만나면 기분이 좋다
꽃은 꾸미지 않은 아름다움이 있어
알면 알수록 친해지고 싶다

꽃은 한 철에만 피는 것이 아니라
마음에서 두고두고 피어난다

배풍등

산과 숲에서 만날 수 있지만
눈에 잘 띄지 않고
사람들이 잘 몰라 스쳐 지나간다

여름의 끝에서부터
초가을까지 꽃이 피고
열매를 맺는 야생화 배풍등꽃

다른 풀과 나무는 타고 올라가면서도
누군가 가까이 다가오는 것이 싫어서
줄기와 잎에 털이 나 있다

흰색 꽃 보라색 꽃이 피어도
아름답지가 않아
감탄사를 유발하지는 않는다

붉은색 동그란 열매 유혹에
가까이 가려 하지만
독이 있어 멈추고 만다

산에 숨어 있는 듯 피어나지만
숨어 있는 것이 아니라
삶의 터전이다

함초

바닷가에서 곧추서서 자라나
흔히 볼 수 있다

꽃 마디가 튀어나와
퉁퉁마디에서 꽃을 피우는데
꽃인 듯 가지인 듯 하다

봄부터 여름까지는 초록색을 보여주다가
가을이면 단풍에 물든 듯이
붉은 홍차색을 보여주며
가을 색으로 아름답게 물든다

함초는 맛이 짜서
염초라는 이름도 갖고 있는데
나물이 되고 국수가 되고 떡이 되고
건강식품이 되어 건강을 챙겨준다

바닷가에서 쓸쓸해도
희망을 보며 꽃이 피어난다

뚱딴지

어느 곳에서도 잘 자라는
뚱딴지
노랗게 꽃 피면 예쁘다

엉뚱한 생각을 했을까
미련한 생각을 했을까
돼지감자 이름이 재미가 있다

열매가 좋으려니 했더니
어이쿠 생각보다 실망이라
뚱딴지라 불렀나 보다

맛이 좋을까 했더니
어이쿠 생각보다 실망이라
뚱딴지라 불렀나 보다

오죽하면 뚱딴지 덩이줄기를
돼지 먹이로 주었을까

억새

가을이 오면 억새와
추억을 만들고 싶어
사람들은 산에 오른다

바람에 흔들리는 억새는
쓸쓸하고 고독한 가을에 아름다운
가을 풍경과 가을의 정취를 만들어놓는다

가을이면 곳곳에서
억새 축제가 열리는 것을 보면
가을에 사랑을 받는 꽃이라는 것을 알 수 있다

가을이 오기 시작하면 줄기 끝에
작은 이삭이 촘촘하게 털처럼 자라
꽃이 피어난다

가을이면 억새풀 노래를 들으며
산행을 하고
억새와 함께 다정한 친구처럼
사진을 찍으면 멋진 추억으로 남는다

갈대

흘러가는 강물을 보고 싶어
키가 자라 꽃이 피었다

갈대는 강 언덕에서
늘 그리움으로 가득해
강물이 떠남을 아쉬워한다

가을바람이 불 때마다
갈대숲 사이로
바람이 갈라지며 떠나간다

여린 몸 흔들며
흘러가는 강물을 바라보며
이별의 손을 흔들어준다

가을이면
더욱더 그리움이 가득해
가을과 함께 흘러가는 강물을 바라보며
떠나는 이별이 아쉬워
하얀 손을 흔든다